ファーターと愛弟子
～寵花は師の手で花開く～

Miyako Hanano
はなのみやこ

JN067494

CHARADE BUNKO

Illustration

乃一ミクロ

CONTENTS

1

たくさんの大人たちに囲まれた満員のコンサートホール。

暗がりの中、彼はただ一人、ステージの中央で光を集めていた。流れるような金の髪と、白い肌。青い瞳は、物語に出てくる王子様そのものだった。

ピアノ教室に通い始めて二年、この日奏人《かなと》は世界の音に触れた。

最初は、そのピアノの音をどこか懐かしく感じた。奏人が幼い頃からずっと聴いていた父のピアノの音に少し似ていたからだ。

静謐《せいひつ》ながらも力強く、美しい旋律。

彼のピアノの音に、奏人は胸を打たれた。長い指から紡ぎ出される音は、自分が知っているピアノのものなのに、聞こえ方はまったく違った。

ベートーヴェン、ピアノソナタ第14番嬰《えい》ハ短調作品27‐2。

『月光』という名で知られているこの曲が奏人は大好きで、繰り返し何度も聴いてきたのだが、こんな『月光』は今まで聴いたことがなかった。どこか遠い国の湖畔、一人椅子に腰かけ、静かに月を見上げている——そんな錯覚に陥った。

第1楽章から、第2楽章へ。重厚だった曲調が明るくなり、指先も滑らかに。

そして、躍動感のある、第3楽章。

『月光』で一番有名なのは第1楽章だが、第3楽章は、部屋にあったピアノピースを見ただけで、難しいと思った楽章だ。とにかく指の動きが速くて、弾くことはできても弾きこなすことは難しいと、たいていの曲は弾きこなす音大出身の母でさえ言っていた。

けれど、目の前の青年はなんなくそれを弾きこなしていく。

彼の音を少しも逃したくなくて、息をひそめた。

聴いている間、奏人はここがコンサートホールであることを忘れていた。

彼の姿と、ピアノの音しか見えなくなっていたからだ。そのピアノの音にひたすら、圧倒された。

そして、思ったのだ。自分も、彼みたいなピアノが弾けるようになりたい。

彼のピアノの音に夢を見た奏人は、幼心にそんな大望を抱いた。

レオンハルト・エッカードシュタイン。

遠いヨーロッパの国から来た二十歳のピアニストに、奏人が恋した瞬間でもあった。


「あれ、綾瀬《あやせ》？」

駐輪場に自転車を置き、最寄り駅の改札へ向かう途中、綾瀬奏人は自分の名前が呼ばれたことに気づき、すぐに足を止めた。

「高橋《たかはし》君……」

奏人の名前を呼んだのは高橋という名のクラスメイトの男子だった。それほど親しくはないが、明るい髪色をした少年はクラスの中心人物で、女子生徒からの人気も高かった。

隣の少年は見たことがないが、他校の友人だろうか。

「家、この辺だったんだ。あ、そういや翔《しょう》と幼馴染《おさななじみ》だって言ってたもんな」

高橋の口から出た名前に、奏人は少しだけドキリとする。高橋が言うように、浅宮《あさみや》翔とは確かに幼稚園からの幼馴染だが、翔自身がそれを言われるのが好きでないことを知っているからだ。

「う、うん。高橋君は、今日はしょ……じゃない、浅宮君の家に遊びに行くの？」

時刻はまだ十五時を過ぎたばかりだ。おそらく一度家に帰ってそのまま出かけたのだろう。

「そう！　あいつ、なんか桜ノ《さくらの》森学園《もりがくえん》？　とかいう難しい音大の付属高校に合格しただろ？　だから、元クラブチームのメンバーでお祝いすることにしたんだよ」

言いながら、高橋が隣にいた少年に目配せをする。そういえば、翔は小学校時代に地元のプロサッカークラブの下部組織に入っていた。奏人も少年の方を見れば、なぜか驚いたような顔をして、サッと視線を逸《そ》らした。心なしか、その頬は少し赤い。

「何お前照れてんの？　あ……言っとくけど、こいつ男だから」

「え⁉」

今まで黙っていた高橋の友人が、慌てたような声を出す。その反応を見るに、どうやら本当に奏人の外見を見て女の子だと思っていたようだ。

「まあ気持ちはわかるけど、俺も入学式ではどうして女子が男子の制服着てるんだって思ったし」

「え、いや普通に女の子かと思った……声も高いし」

悪気がないことはわかるが、二人の会話に苦笑いしてしまう。高橋は友人を揶揄《からか》いつつも、電車が入ってくるというアナウンスに気を遣ってくれ、奏人はそのまま改札口へと進んだ。

……女の子に、見えるかなあ？

ちらりと、今日の服装に目を向ける。大きめのパーカーに細身のパンツという格好は、確かに少しユニセックスだったかもしれない。

元々身体《からだ》つきが華奢《きゃしゃ》で、身長も伸び悩み中。抜けるような白い肌に、黒い髪と同じ色の瞳は大きく、不思議な光彩を放っている。どこか異国めいた雰囲気があるのは、奏人の父がドイツ人の血を引いているからだろう。奏人は所謂《いわゆる》クォーターで、母方の血が濃いとは思うのだが、それでも周囲から注目を受けることが多く、容姿に関してあれこれ言われるのは正直苦手だった。

それにしても翔ちゃん、受かったんだ。すごいなあ……。

母親同士の仲がいいこともあり、翔とは幼い頃は毎日のように遊んでいた。通った幼稚園も一緒で、その後も小学校・中学校と一度もクラスが分かれたことがない。

ピアノ教室に通い始めたのは半年ほど奏人の方が早かったが、元々天才肌で勉強もスポーツもなんでもこなしてきた翔は、すぐに奏人に追いついた。

まったく悔しくなかったと言えば嘘《うそ》になるが、一緒にピアノ教室に通うのは楽しかったし、何より奏人は翔のピアノの音が大好きだった。奏人が頼めば、面倒くさいと口では言いながらもピアノを弾いてくれた。

けれど、それはすでに何年も前の話でここ数年、特に中学に入ってからは互いにほとんど口をきかなくなってしまった。

原因はわかっている。五年前、奏人が一緒に通っていたピアノ教室をやめたのがきっかけだ。理由を言えと何度も詰め寄られたが、結局本当の理由を言うことはできなかった。

翔は、ひどく怒っていた。元々喜怒哀楽の激しい方ではあったが、あんなに怒った翔はそれまで一度も見たことがなかった。

『いいんじゃねえか？　どうせ、才能だってないんだし』

今まで、翔は一度も奏人のピアノを馬鹿にしたことはなかった。けれど、最後は捨《す》て台詞《ぜりふ》のようにそう吐き捨てられた。

翔に比べれば、自分に才能がないことはわかっていたが、一番近くで奏人のピアノを聴いていた翔の言葉に、奏人の心は深く傷つき、同時にどこかで納得もしてしまった。

ああ、やはり自分にはピアノの才能がないのだと。

あれ以来、翔とまともに会話をした記憶がない。

ふと、先ほどの高橋の言葉を思い出す。

翔の受かった桜ノ森学園は、再来週奏人が受験する学校でもあった。時期的に翔が受かったのは推薦試験だろうが、奏人の受ける一般試験と内容はさほど変わらなかったはずだ。会場の雰囲気だけでも訊けないだろうかという考えは、すぐに頭から消えた。

おそらく、いや絶対何も教えてはくれないだろう。むしろ、お前みたいな才能のない奴がまだピアノをやっていたのかと、怒鳴られるのが関の山だ。考えただけで、落ち込む。

小さくため息をつくと、奏人は空いている席に座った。パーカーのポケットに入れていたスマートフォンの点滅に気づいてメッセージアプリを開く。

母から来たメッセージには、ミートパイを多めに入れておいたから小腹が空《す》いたら食べるように書いてあった。家を出る間際に渡された籠には、どうやらミートパイが入っているようだ。

了承を示すスタンプを送ってアプリを閉じれば、画面に表示されたニュースサイトの記事が目に入った。

巨匠・朝比奈清司《あさひなせいじ》、ワールドスポーツ大会音楽監督に就任。

トップに表示されていた記事を、そっと消す。

各国の有名管弦楽団に引っ張りだこの世界的な大指揮者、朝比奈清司は奏人の父親だった。父親と言っても、朝比奈には他に家庭があるし、同じ籍に入ったことは一度もない。父と母が不貞を働いたわけではなく、朝比奈と奏人の母がかつて恋人同士であったというだけだ。

同じ音大で出会った二人のつき合いは卒業後も長く続いていたが、地元の小学校で音楽教師になった母と、指揮者として頭角を現しつつあった二人の道は違《たが》えてしまった。朝比奈が海外の楽団に招致されたのをきっかけに、二人は別離を選んだ。

半年後、母が新たな命を宿していることに気づいた時には、朝比奈にはすでに別のパートナーがいた。

未婚で産んだことを色眼鏡《いろめがね》で見る者もいたが、奏人が十歳になる前に母は今の父と結婚した。その際、母は慎重に、奏人の意思も確認してくれた。

母の結婚相手は、朝比奈とはまったくタイプの違う男性だった。同じなのは背が高いことくらいで、見るからに善良で優しい容貌をしており、奏人に対してもきちんと向き合ってくれた。何より、母を愛し、大切に想っているのが見ていてよくわかった。

そんな相手との結婚に反対する理由などなく、一年後には双子の弟も生まれ、新しい生活はとても上手《うま》くいっていた。双子の育児というのは想像以上に大変で、忙しい父の代わりにそれを手伝ったのも、奏人だ。

同じ年頃の子供たちが遊んでいる間、小さな弟たちの世話をすることに不満がなかったわけではない。けれど、自分に懐いてくれる弟たちは可愛《かわい》かったし、母に頼りにされているのにも悪い気はしなかった。女手一つで自分を育ててきてくれた母がようやく手に入れた幸せだ。それを壊したくないという気持ちが強かった。

優しい両親に、可愛い弟たち。自分は幸せで、孤独や寂しさなんて感じていない。

それは嘘ではなかったが、それでもふとした時に感じる、言いようのない疎外感と、胸の痛み、空虚《くうきょ》さは拭い切れなかった。最近は特に、そう感じることが多くなったような気がする。

早くピアノが弾きたい。ピアノの音が聴きたい。ピアノを弾いている時だけは、何も考えないでいられる。

ちょうど電車は終点の駅へ到着したようで、奏人は立ち上がって扉へと向かった。

叔母の薫《かおる》が経営するジャズバーは、駅から歩いて五分ほどで、飲食店が多い繁華街の通り沿いにあった。お洒落《しやれ》なレストランやカフェが多い通りで、元々賑やかなこともあるため、ピアノの音が響いても嫌な顔はされないようだ。

従業員用の裏口から店に入れば、鍵は開いているのに中には誰もいなかった。

「え……？」

慌ててスマートフォンを確認すれば、入荷した酒類の本数が合わなかったため、買い出しに出かけたようだった。少し遅くなるかもしれないが、開店時間までには戻るという旨が書かれている。メッセージが届いた時間を考えればほんの数分ではあったが、少し不用心ではないだろうか。

奏人は小さくため息をつくと、バーカウンターにバッグと籠を置き、手を洗った。そして、広いバーの片隅にあるグランドピアノの方へ真っ直《ます》ぐに向かう。

鍵盤蓋をゆっくりと開けると、白と黒の鍵盤がきらきらと輝いている。

同じピアノでも、メーカーや型式によって音はまったく違う。

この店にある外国製のグランドピアノは、年代物ではあるが、深く、とても温かい音を出してくれる。ピアノを習い始めた母に、個人病院の院長をしていた祖父が購入したもので、奏人は母の腹の中にいる時からこの音を聞いていた。

元々は奏人の家にあったのだが、ピアノ教室をやめた奏人は、一時期まったくといっていいほどピアノを弾かなくなった。

正確には弾かなかったのではなく、弾けなくなったのだ。

ちょうど双子の妊娠がわかり、家のリフォームを決めたため、母親は手放すことも考えていたようだが、ジャズバーを開くことを決めた薫が引き取ってくれたのだ。調律も定期的に行ってくれているため、音もあの頃とまったく変わらない。

「……よろしくお願いします」

椅子に座り、小さくピアノへと頭を下げる。

人間に相性があるように、ピアノにも相性があると奏人は思っている。通っていた教室のピアノも、家のピアノも学校のピアノも、皆弾いた感じはそれぞれに違っていた。だから、弾く前には必ずピアノに挨拶をするようにしている。そうすれば、不思議とピアノが受け入れてくれる気がするのだ。

温暖な地域とはいえ、二月はまだ寒く、手は冷たくなっていた。手を温めるためにも、まずは簡単な練習曲。朝から弾きたかったこの曲は、ずっと奏人の頭の中に流れていた曲でもある。

指が少しずつ慣れてくると、曲を変える。

平均律クラヴィーア。音大の受験やコンクール予選でも使われることの多いこの曲は、再来週奏人が受験する桜ノ森学園の課題曲の一つだった。二十四の長短調を使用したこの曲は、前奏曲とフーガに分かれており、難易度もそれぞれ違う。一定のリズム、平均律で奏でる音はとても心地よく、ずっと弾いていられる。

受験に必要なのはフーガの方だが、つい奏人は前奏曲の方も弾いてしまっていた。

何度か弾いていると、歌いたい気持ちになってくる。

桜ノ森学園の倍率は高く、ちょっとピアノが上手いくらいの生徒では受かる可能性はほとんどない。さらに、一度ピアノをやめた奏人にはブランクがあり、しかも今は誰にも師事していなかった。音大付属高校の受験は、独学ではかなり難しい。

やっぱり、美和子《みわこ》先生に頼めばよかったのかな。

一時期は世界的なピアニストとして活躍した加藤《かとう》美和子は年齢を理由に引退し、今は個人のピアノ教室を開いている。母が桜ノ森学園音大の後輩だった縁もあり、奏人もかつては七年ほど教えを受けた。

厳しいと有名なだけのことはあり、練習はハードだったが、彼女から学んだことは多い。けれど、それはあくまで五年前までの話だ。十歳の時に、奏人は一度ピアノを諦めてしまった。そんな奏人が再び弾き始めたのは、中学に入学したばかりの頃、偶々《たまたま》母の使いで薫のバーを訪れたのがきっかけだった。

『調律をしたんだけど、私は音が正しいかわからないから、奏《かな》ちゃん弾いて確かめてくれない？』

そんな風に言われ、二年ぶりに弾いたピアノ。やめた後も相変わらずピアノのことは好きだったが、弾く勇気が持てず、ずっと逃げてきた。

久しぶりだったこともあり、指は思うように動かなかった。けれど一曲弾き切った時には、涙が零《こぼ》れた。

そして、思い知らされた。自分はピアノが好きだ。たとえ、夢見ていたプロのピアニストにはなれなくても、ずっとこのままピアノを弾き続けようと。

それから週に二度、勉強を教えてもらうという名目で、薫の店に通うようになった。放課後の四時から開店時間の七時まで、ジャズバーは奏人のレッスン室になったのだ。

時計を見れば、開店まであと二時間もない。奏人は、大きく息を吸った。


音大の付属高校のピアノ科の試験科目は、大きく分けると学科と実技の二つだ。

採点基準や配分はわからないが、おそらく重きを置いているのは実技試験だろう。

「ダメだ……集中できてない」

試験当日まであと二週間ということもあり、思ったよりナーバスになっているようだ。

ここは、気分を変えるためにも、好きな曲を弾こう。自由曲を何にするか迷っていたのだから、ちょうどいいだろう。

気を取り直し、もう一度鍵盤を見つめる。手の位置を決め、ペダルをゆっくりと踏み込む。

ショパン、夜想曲第2番 変ホ長調。世間一般ではノクターンといえばこの曲を指す。

初めて聴いたレオンハルトのピアノの音があまりにも印象的だったこともあり、奏人は率先してベートーヴェンを選んで聴いていたし、弾くのもピアノソナタばかりだった。

けれど、この曲を弾いていると心が落ち着くのだ。

そういえば奏人が幼い頃、母はよくノクターンを弾いていた。今思えばミスタッチも多かったけれど、とても心地よい音だった。

仕事から帰ってこない母を待ちながら、毎日練習していたノクターン。

久しぶりだったこともあり、テンポがいささか自己流になってしまったけれど、これはこれでいいと思う。

楽しくて、気がつけばメロディーを口ずさんでいた。

けれど、あまりにピアノに集中するあまり奏人は気づかなかった。いつの間にか、バーの扉が開き、人が入ってきたことに。

「あ……すみません。ドア、開いてました？　まだ、開店時間じゃないんですけど……」

慌てて椅子から立ち上がり、壁の時計を見れば、開店時間まで三十分ほど時間があった。

どうしよう、少し中で待っていてもらおうか。

そう思いながら扉を見つめれば、そこに立っていたのは長身の男性だった。

「あの……？」

帽子を目深にかぶり、サングラスをかけている。しかも、着ているのはクラシカルなトレンチコートだ。

男性は何も言わず、ゆっくりと奏人のもとへと歩いてくる。ドキリとした奏人は、思わず後ずさる。けれど、そんな奏人の様子に構うことなく、男性は近づき、そして奏人の肩を強く摑《つか》んだ。

『素晴らしい！』

「へ……？」

男性が発したのは、外国語だった。ひどく興奮した様子で何やらまくしたてているが、残念ながら聞き取ることはできない。

これ……ドイツ語、だよね？

照明が明るくないため気づかなかったが、よく見れば、帽子の下に微《かす》かに見える髪が金色だ。

「えっと……ダンケ……？」

奏人はドイツ語はわからないが、それでもレオンハルトの肉声を聴きたくて時折ドイツ語のインタビューを聴いていた。

そういえばこの人の声、レオンハルトに似てる。同じドイツ語だから、そう聞こえるのかもしれないけど。

なんとなく、褒められているのはわかったため、笑顔を向けて礼を言ってみる。

すると男性はピタリと動きを止め、そして肩を摑んでいた大きな手で、奏人の頰を包み込んだ。

へ……？

ほんの一瞬のことだった。男性の唇が、奏人に近づくのがスローモーションのように感じた。

ハッとした奏人は、慌てて顔を動かした。けれど、それが悪かったのだろう。口づけるつもりだったであろう頰が動いたため、ちょうど男性の唇が、奏人の唇と重なってしまった。

「⁉」

チュッというリップ音が、耳によく聞こえた。

初対面の、外国人の男性とキス。しかも、初めての。

唇に手をあて顔を真っ赤にする奏人に対し、なぜか男性はニッとその形のいい口の端を上げた。

「な……な……！」

何するんですか、そう言いたいのに言葉が出てこない。

「さ、さようなら！」

一体、何が起きているのかさっぱりわからなかった。とにかく、今自分ができるのはこの場を離れることだ。

奏人はカウンターに置いていた自分のバッグを引っ張るように手にし、従業員用の通用口へと脱兎のごとく向かった。

「えっ、奏ちゃん？」

「ごめん薫さん、僕もう帰るね……！」

ちょうど買い出しから帰ってきた薫とすれ違ったが、とても会話をする余裕はなく、そのまま店の外へと飛び出した。

外国の人だったし、あちらではキスは挨拶程度のことなのかもしれない。だけど、それにしても……！

思い出しただけで、顔が熱くなる。心臓の音が、うるさいくらいによく聞こえる。

なんだったんだろうあの人？　あのキス、変な意味じゃないよね。

男性からは、性的な、いやらしい気持ちは感じられなった。ただ、それでもやはり抵抗はある。

でも……嬉《うれ》しかったな。

何を言っているのかはわからなかったが、男性は奏人のピアノを讃えてくれていた。

この五年、人前でピアノを弾いたことはほとんどないため、あんな風に褒めてもらった

静かな振動に身を任せていると、ふと昔の記憶が蘇った。

で、車内は混んでおり、出入り口付近に立つことにする。帰宅ラッシュの時間に重なってしまったよう
バッグを肩にかけ直し、電車に乗り込む。

いや、習っていた頃だって、あんなに絶賛されたことはなかった。

のはピアノ教室以来だ。


その日は、珍しく奏人の家に客人が来ていた。

スーツ姿で背の高い、顔立ちは端正だが厳しい顔をした男性は、写真や映像でしか見たことがない父と同じ顔をしていた。

『こんにちは』

ソファに座り、紅茶を手に持つ男に、ドキドキしながら頭を下げた。

『奏人、この前練習していた曲、弾いてみて』

ブルグミュラーを終え、ソナチネに入っていた奏人は、その中からクレメンティの作品36の第1楽章を選んだ。

はっきり言えば、あまり上手には弾けなかった。なんとか譜面通りに弾こうとは思ったのだが、いつの間にやら自分の世界に入ってしまい、好きなように弾いてしまったのだ。

単調な曲のように聞こえるが、一つ一つの音の繋がりが、とてもきれいなんだ。譜面通

り正確に弾くより、少しアレンジした方が楽しいだろう。

ピアノ教室ではこの弾き方をすると、あまり喜ばれない。

もっと正確に弾いて。翔を見習いなさい。

先生の言葉が頭を過《よぎ》ったが、今は自分が弾きたいように弾きたかった。

けれど、弾き終えた後の男性の表情は険しいものだった。

『残念ながら、私の才能は受け継がなかったようだ』

その言葉が、奏人に向けられたのか、母に向けられたのか、どちらともなのか、その時にはわからなかった。

『遊びでやるなら好きにすればいい。ただ、プロになろうだなんて思わないことだな』

男性ははっきりそう口にすると、部屋を静かに後にした。ピアノの椅子に座ったままの奏人は、男性の言葉の意味をすぐに受け入れることができなかった。

『ごめんね、奏人、ごめんね……』

呆然とする奏人を、母親がその腕の中に抱きしめた。涙を流す母を見ていると、気がつけば奏人の頰にも涙が伝っていた。

初めて会った世界的指揮者の父、朝比奈清司から告げられた残酷な、けれど率直な言葉。

そうか、僕には才能がないんだ。だから、お母さんはこんな風に泣いているんだ。

翌月、奏人はピアノ教室をやめた。母は、何も言わずに了承した。

2

葉の見え始めた桜が、ひらひらと風に舞っている。

暖冬の今年は開花情報が早かったが、雨が少なかったこともあり、花弁がまだ残っていたようだ。学舎までの道は、舞い散った桜で絨毯《じゆうたん》のように彩られている。

桜って、どの時期に見ても風情《ふぜい》があるなあ……。

思わず立ち止まってしまったが、周りの生徒たちは奏人を気に留めることなく歩いていく。真新しい制服を着た少年たちが、次々と門の中へ入っていくのを、奏人はぼんやりと見つめていた。

白い、大きな校門の前まで行くと、立てられた看板には大きく、『桜ノ森学園音楽大学付属高校入学式』と書かれている。

いざそれを目にすると、身体が緊張して、自然と背筋が伸びた。

合格通知が来た時はふわふわとしていたため、いまいち実感が湧かなかった。あまりにも嬉しすぎて、夢のように思えていたからだろう。

けれど、だからこそ白い看板に書かれたその文字を見ると、感慨が湧いてきた。

『本当に、一人で大丈夫？』

東京へ出発する朝、心配げな表情で母は言った。

当初は入学式は家族で出席することになっていたのだが、父に仕事が入ってしまい、双子を連れて新幹線に乗る大変さを考え、奏人から断ったのだ。

地方出身者の場合、出席しない保護者も多いという話を入学手続きの際に聞いていたこともある。

『大丈夫だよ、お父さんにもよろしくいっておいて。あと、なおちゃんとゆうちゃんにも』

奏人が東京の学校に行くと聞いた二人の弟は、涙を流して寂しがった。昨年の夏に国内最大級のテーマパークに遊びに行ったこともあって、なんとなく遠い場所であることがわかったのだろう。

新幹線通学や始発の普通電車に乗るという方法もあるが、往復六時間というのは現実的ではない。だから奏人も、合格こそしたものの、当初は進学するつもりは毛頭なかった。芸大や音大進学には高額な学費がかかるが、音大の付属高校も同じようなものだ。二人の弟がまだ小さいことを考えても、両親にそこまでのお金をかけさせるわけにはいかなかった。

実際、奏人が桜ノ森学園を受験すると言った時、父が入学後にかかる費用のことでコッソリと母に相談していたことも知っている。それに対する、大丈夫よ、かわいそうだけど、多分受からないと思うから、という母の言葉には密かに傷ついた。口では奏人なら受かるかも、と言いながらやはり本音ではそう思っていたのだ。

そんなこと、奏人自身が一番よくわかっている。それでも、母にはもしかしたらという期待をしてほしかった。とにかくそんな風に、奏人の家は経済的に困窮しているわけではないが、抜きん出て裕福だというわけでもない。

入学金や授業料だけでも高額なのに、実家が地方の奏人は寮の費用だってかかるのだ。自分は母の連れ子で、父の実の子でもない。それを出してほしいとは、とても口に出せなかった。

けれど、それでも奏人は桜ノ森学園の付属高校に入学することができた。それも、ピアノ科の中でも特別な、演奏家コースに。所謂、特別奨学生の扱いで、授業料は勿論、寮費も半分ほど免除になる。

そして、あれよあれよという間に入学手続きが済み、卒業式を終え、東京行きが決まったのだ。

入学式の会場である講堂は、オーケストラが演奏をできるというだけのことはあり、広くて天井が高かった。

すでに着席している生徒も多く、中は紺色のブレザー一色になっていた。

音楽専科の高校は全国にたくさんあるが、桜ノ森学園が他と大きく異なる点の一つに、中高が男子校という特色がある。

特徴的な紺色の学生服も、創立時の大正時代からデザインが変わっていない。当時は珍しかったブレザータイプの制服は、そのままコンクールに出られるように作られていた。

桜ノ森学園の創立者は、ヨーロッパ帰りの貿易商の男性だった。日本にも西洋音楽を普及させたいと考えていた男性は、一人の少年の弾くピアノの音に惚《ほ》れ込み、音楽学校に進学することを勧めた。けれど、少年の実家は厳格な家庭で、とんでもないと反対した。当時の音楽学校は女学校か、男女共学の学校しか存在しなかったからだ。

だから創立者はその少年のために、付属校を敢《あ》えて男子校にし、戦後の今もその伝統は引き継がれている。大学は共学であるため女子学生も半数以上いるのだが、キャンパスが別の場所にあることもあり、定期演奏会くらいしか顔を合わせる機会はない。稀《まれ》に、ゲストで呼ばれることがあるくらいだ。

……席は自由でいいって、言われたよね。

まだ席は半数ほどしか埋まっていないため、間を空けぬように座った。

桜ノ森学園には、付属高校に加え付属中学もある。中等部からの持ち上がりなのか、大半は顔見知りのようで、楽しそうに会話をしている。

あ、翔ちゃん……。

奏人と同じ外部受験の翔は、すでにたくさんの人間に囲まれていた。ジュニアのコンクールで何度も優勝しているため、元々知り合いもいたのかもしれない。ただ、周りはあれこれと翔に話しかけているのだが、当の本人の態度は見るからにつれない。

幼い頃から、翔は人並み以上にずば抜けてなんでもできた。すらりとした長身で、少し目つきは悪いが顔立ちも整っているため、女の子はいつも翔のことを気にしていた。

それだけなら周囲の男子から反感を持たれそうだが、勉強もスポーツも常にトップ、無愛想だが気取らないところがいいとかえって羨望の的になっていた。家も裕福で高そうな服も着こなし、まさに非の打ちどころがない。

翔はいつもクラスの中心で、周りはその一挙一動に注目している。だから、そんな翔が奏人のことを避けるようになると、いつの間にか周りからも遠巻きにされた。

イジメのような扱いを受けたり無視をされたりするようなことはなかったが、率先して関わってくる男子生徒はいなかったのだ。そのため、なんとなく奏人が話すのは女子生徒ばかりになってしまったのだが、そういったところも男子生徒は面白くなかったのだろう。

高校に入れば、翔とは自然と縁が切れるため、それもなくなるかと思ったが、奏人の考えは甘かったようだ。

いや、だけどもう高校生だし、そもそも翔ちゃんも僕になんて興味がないか。

『うわあ……』

一昨日の入寮日。

桜ノ森学園の敷地内にあるクラシカルな建物を見た奏人は、思わず感嘆の声を上げてしまった。

寮というから、無機質な建物を想像していたのだが、大きな欧風の建物は風情があり、どこか西洋のお屋敷のようにも見えた。

カメラ……持ってくればよかった。いや、せめてスマホで。

ごそごそとパーカーのポケットからスマートフォンを取り出そうとしていると、背中に鈍い衝撃が走った。

『邪魔だ』

聞き覚えのある声に、ヒッとして隣を見れば、よく知った幼馴染が鋭い視線で奏人を睨《にら》んでいた。

『し、翔ちゃん』

まさかここで翔に会うとは思わず、声が上ずってしまった。

『びっくりした。翔ちゃんも、寮だったんだね』

翔が桜ノ森学園に受かったとクラスで盛り上がっていた時、その中の一人が住居はどうするんだと訊いていた。

その時翔は、都内に部屋を借りればいいとさらりと答え、周りをどよめかせていたのだ。確かに、よく言えばゴーイングマイウェイ、悪く言えば協調性のかけらもない翔に寮生活は向かないだろう。

『特待生は全員寮なんだよ』

そんなことも知らないのか、とばかりに翔は言うと、そのままスタスタと中へ進んでしまう。まさに、取りつく島もなかった。


やっぱり、怒ってるのかなあ。同じ高校に進んだこと。

当然と言えば当然だが、前方の席に座る翔に奏人のことを気にするそぶりはまったくない。桜ノ森学園に奏人が受かったことは、おそらく母親を通して聞いていたはずだが、それに関しても何も言われなかった。

奏人がピアノをまた始めたと知れば、もしかしたら昔のように仲よくなれるかもと思ったが、どうやら甘い目論見《もくろみ》だったようだ。

「あの……」

「あ、はい」

考えごとをしていたため、一瞬反応が遅れてしまった。奏人は、慌てて声がした方を向く。

「ここ、座ってもいいですか」

話しかけてきたのは、少し小柄な、柔和な顔立ちの少年だった。くせっ毛なのか、焦げ茶色の髪は柔らかそうだ。

「はい、勿論」

にっこりと笑ってそう言うと、どこか緊張していた少年の頬が緩んだ。

「ありがとう。あの……君、外部生だよね？」

「そうだよ。君も？」

「うん、よかった。ほら、ここって内部進学者がほとんどでしょ？　皆顔見知りばっかりみたいだし、入学早々ぼっちは寂しすぎると思って……」

「わかる、ちょっと心細いよね」

隣に座った少年はホッとしたのか、大きく息を吐いた。

「あ、僕笠原慶介《かさはらけいすけ》。慶介でいいよ。ヴァイオリン専攻なんだ。えっと……？」

「綾瀬奏人。専攻はピアノ」

奏人の言葉に、慶介はたれ目がちな目を大きく開いた。

「ああ、やっぱりピアノなんだ。入試の時見かけなかったし、そうかなぁって思った。桜ノ森学園っていうとやっぱりピアノのイメージが強いよね。しかも、今年は有名なピアニストを客員教授として招いてて、そのせいか倍率もすごかったたって聞いた。えっと……確か名前は……」

「レオンハルト・エッカードシュタインだよ。ジュニアのコンクールの最年少記録を次々に更新して、弱冠十五歳でカーネギー・ホールでの演奏を成功させると、世界三大コンクールのうち、チャイコフスキー国際コンクール、エリザベート王妃音楽コンクールで優勝したんだ。三大コンクールにすべて入賞したピアニストは今までにもいたけど、同時に優勝したのはレオンハルトだけなんだよ。ピアニストとして数々の伝説を作っていて、特に二十五歳の時のベルリンフィルとのピアノ協奏曲は今でも語り継がれるほどで……って、ご、ごめん！」

レオンハルトの話題になったことにより、嬉しくてつい夢中になって喋《しゃべ》ってしまったが、隣に座った慶介は奏人を見ながらポカンと口を開けてしまっている。

まずい、せっかく友だちができそうだったのに。絶対引かれた……。

中学時代、学校帰りにレコード店で偶々会ったクラスメイトの女子に、クラシックCDを買っているのを見られたことがあった。

綾瀬君、クラシック好きなの？　私も好きだよ。

そんな風に話しかけられ、嬉しくて滔々《とうとう》と語ると、女子生徒の顔は明らかに引きつっていた。

さらにその後、陰で「クラオタ」（クラシックオタク）と言われていたことを知る。それ以来、奏人は自分からクラシックについて話すことはなくなった。

入学式でテンションが上がっていたとはいえ、失敗した。そう思い、恐る恐る慶介の顔を窺《うかが》えば、目が合った慶介はプッと吹き出し、楽しそうに笑った。

「あはは、びっくりした。奏人君って本当にレオンハルトのこと、好きなんだね」

「う、うん……。子供の頃から、ずっと憧れてるんだ……」

人がいいのだろう。どうやら、慶介は引かずにいてくれたようだ。

「大丈夫、僕もギドン・クレーメルについて話し始めたら止まらないから。むしろ親近感湧いちゃった。奏人君、外部生なのに落ち着いてるし、めっちゃきれいな顔してるから話しかけるのに緊張したんだけど、話しかけてよかったぁ！」

落ち着いているどころか、実際は固まっていたのだが。それよりも、その後に続いた言葉の方が気になった。

「……きれい？」

それは、自分の容姿について言っているのだろうか。怪訝《けげん》そうに奏人が訊けば。

「うん。僕だけじゃなく、周りからもちらちら見られてるの、気がつかなかった？」

「全然、気がつかなかった……」

「男ばっかの集団に、奏人君みたいなのがいたら目立つからなあ」

「多分、外部生だから注目されてるだけだよ」

容姿に関しては、確かに中性的だと言われることはしょっちゅうだが、奏人にしてみれば、肉がつきづらいため線が細いだけだ。そう口にすれば、慶介はなぜか困ったような笑みを浮かべた。

その後、ようやく舞台の上に司会を務めるのであろう教師が現れ、入学式が始まった。

奏人は、改めて背筋を真っ直ぐに伸ばした。


現代のクラシック界を牽引《けんいん》してきた世界的ピアニスト、レオンハルト・エッカードシュタインが表舞台から姿を消したのは、今から二年ほど前のことだ。若き天才の突然の引退は様々な憶測を呼んだが、引退後の彼が公の場に姿を現したことは数えるほどしかなかった。

そこへ持ってきて、レオンハルト・エッカードシュタインを日本の音大が招致。そのニュースを奏人が知ったのは一年前のことだった。

最初は、眉唾ものだった。コンサートでの来日は何度かあったものの、あのレオンハルトが縁もゆかりもない極東の地で教鞭を執るというのはあまりにも非現実的に感じたからだ。

けれどその数ヶ月後、レオンハルトが桜ノ森学園音大の客員教授になるという報道が大々的になされた。

客員教授の扱いは大学によって様々だが、おそらく講義をすることはなく、それこそ名前だけだという可能性すらある。付属高校のレッスンは大学の教員が直接行うとはいえ、レオンハルトがそれに加わるとも考えられなかった。

でも、それでも。たとえ一瞬だとしても、その姿が見られるだけでもいい。

桜ノ森学園音大の付属高校を受けたい。そう思った奏人は、諦めたピアノにもう一度挑戦することに決めたのだ。

勿論、運よく付属高校には受かることができたとはいえ、プロのピアニストになれるなんて思っていない。それでも、自分はピアノが好きで、ピアノのない人生なんて考えられないことは、弾かなかった数年でわかっていた。

……今は、そんなことを考えたって仕方ない。少なくともこの三年間は、ピアノをずっと弾いていられるんだ。

奏人にとって、それはこれ以上ないほど幸せなことだった。

」


入学式から三日目の放課後。今日までガイダンスやらで慌ただしい日々だったが、明日からはようやく本格的に授業が始まる。

そして個人レッスンは、授業開始前日の、今日から始まることになっていた。

ホームルームが終わった教室の中、レッスンの担当教授と場所が書かれた紙を手にした他のクラスメイトたちは、賑やかに話している。

……やっぱり、浮いてるよね僕。

少人数制をうたう桜ノ森学園は一学年の人数が八十人に満たず、クラスは二つに分かれている。

そして、奏人は未だクラスに親しい人間を作れずにいた。ほとんどの生徒が中等部からの持ち上がりだったため、すでにグループが出来上がってしまっていたからだ。

初日に仲よくなった慶介とは、クラスが分かれてしまった。

幸い、慶介も地方出身で寮生であるため、放課後は一緒に過ごせるのだが、学校ではクラスも違えば専門も違うため、なかなか会う機会がない。

昼食に誘おうかとも考えたが、廊下で楽しそうにクラスの友人と話す慶介を見てそれはやめた。

別に、クラス内でも無視をされているわけではない。ただ、クラスメイトたちはどこか奏人を遠巻きにしていた。やはりそれは、奏人が特待生だとわかったからだろう。

奏人は、人が集まっている方向、翔の周りにいる生徒たちへとコッソリ目を向けた。特に積極的に話しかけている可愛らしい細身の少年、水瀬一馬《みなせかずま》からは初日に奏人も話しかけられた。どこから聞いたのか、すでに奏人が特待生であることも知っていた。

そして、音楽科のある中学の出身なのか、師事していたのは有名な人間なのか、海外への留学経験やコンクールでの受賞経験はあるのかなど、根掘り葉掘り訊かれたが。

いずれも、奏人の答えが期待していたものではなかったからだろう。すぐに興味をなくし、離れていってしまった。

なんだ、大したことないじゃん。そう思われたのか、むしろ侮られているかのような態度を取られている。

後で慶介に聞いた話では、一馬は幼い頃から有名なピアノ教室に通い、コンクールでの優勝経験もあるそうだ。ただ、それはあくまで小学生までの話で、最近は伸び悩んでいるのか、コンクールでの成績も振るわないらしい。

それでも、ピアノ専科の中ではやはり特別視されていて、取り巻きのように周りに人が集まっている。

つまり、そんな一馬に「大したことない奴」だと認識されてしまった時点で、奏人のクラス内の扱いも微妙になってしまったのだろう。それに比べて、翔への扱いである。

「え？　翔君、寮以外にもマンション借りてるの？　すごい、今度遊びに行ってもいい？」

「ピアノくらいしかないし、来てもつまんないと思うけどな」

コンクールで会っていたのか、一馬は元々翔を知っていたようで、入学式から積極的に話しかけていた。普段の翔はそれほど愛想がいい方ではないのだが、一馬に対してはそれなりに対応している。

クラスでの人間関係は出来上がりつつあり、出遅れを挽回できる方法もまったく思いつかなかったが、まあそれはそれで仕方ないだろう。

音楽に関しては選ばれた生徒ばかりなだけのことはあり、表面上は仲よくしているようで、実際は相手を値踏みしていることもなんとなく察せられた。桜ノ森学園音大の付属高校を出た生徒のほとんどは音大に進学し、音楽で食べていく人間も多い。すでに競争は始まっているのだろうが、奏人にとっては関係のない話だった。それよりも。

水瀬君は、どんなピアノを弾くんだろう……。

小柄なところを見ると、手はあまり大きくはなさそうだが、翔が認めているということは、腕は確かなはずだ。

基本的に、奏人は他人の演奏を聴くのが好きなのだ。一馬だけではない、他の皆の演奏も聴きたい。

そんなことを思いながら、ぼうと一馬の方を見ていたらふと視線が合った。

楽しそうにしていた一馬だが、目が合った瞬間、なぜかその口もとが上がった。

さらにその後、これ見よがしに翔へと話しかける。まるで、自分と翔の仲のよさを見せつけるかのように。

翔が奏人を無視することも、他の生徒と仲よくすることも今に始まったことではないし、今更なんとも思わない。

ただ、なんとなく決まりが悪かった奏人はファイルと楽譜を手に持つと、レッスンが始まるまで少し時間があったが教室を出た。

そしてそんな奏人の様子を、こっそり翔が盗み見ていたことには気がつかなかった。

♩

まだ早い時間帯であるためか、レッスン室がある隣の校舎の廊下にほとんど人は見当たらなかった。

担任から渡された紙には部屋番号と時間、そして担当教師と曜日が書かれていると説明されたが、奏人が受け取った紙には担当が誰なのか書かれていなかった。

ホームルームの後、教室から出ていく担任を追いかけ、詳しく聞こうとしたのだが、「部屋に行けばわかる」と意味深に笑われただけだった。

だから、それ以上は追及することができなかったのだ。

放課後の個人レッスンは週に一度、大学から選任の教師が教えに来てくれる。大学があるのは隣の駅だが、職員用の宿舎は高校の敷地にあるため都合もいいのだろう。

奏人が指定された部屋のドアを開ければ、中には誰もいなかった。

レッスン室はどの部屋も防音で、試験前など長い時間練習できるようにソファにテーブルというちょっとした休憩スペースも用意されている。

とりあえず中に入り、テーブルの上に楽譜とファイルを置く。そして、部屋の中央に置かれた大きなグランドピアノの方へゆっくりと向かう。

レッスン室によってはアップライトが置かれていると入学後のガイダンスで配られたプリントには書かれていたが、この部屋はグランドピアノだったようだ。アップライトの音も好きだが、やはり大きく音が響くグランドピアノが奏人は好きだった。

大きな窓からは午後の陽光が差し込み、磨き上げられた黒いピアノを照らし出している。壁にある時計を見れば、レッスンの開始時間まではまだ二十分ほど時間があった。

ちょっとだけなら、いいよね。

本当は、教師を待つつもりだったのだが、目の前にあるピアノを見ると、我慢ができなくなってしまったのだ。

椅子に座り、丁寧に蓋を開ける。

白と黒の鍵盤はきらきらと光って見え、奏人の心は高揚した。

そういえば、入学してからまだ一度もピアノに触っていなかった。

「……初めまして、よろしくお願いします。一年間、お世話になります」

このピアノは、どんな音を出してくれるのだろう。

鍵盤に指を乗せると、思い切り弾いた。

ベートーヴェン、ピアノソナタ第8番ハ短調作品13、『悲愴』の中でも有名な第2楽章だ。悲愴は第1楽章も第3楽章も好きだが、この第2楽章の旋律が、奏人は特別好きだった。和音が奏でる一つ一つの音の連なりが、とても心地よい。

レオンハルトが以前インタビューで気に入っている曲の一つだと言っていたこの曲。何度も聴いているが、彼のようにはなかなか弾けない。奏人の理想は、レオンハルトの弾き方、レオンハルトの音なのに。

レオンハルトのピアノには程遠いものの、何度も弾いてきたベートーヴェンは奏人の気持ちを上向かせてくれる。理想とする音には届かなくても、弾き終わると達成感にも似た気持ちが芽生えた。

音もなく息を吐き、鍵盤を確認するように見つめる。自然と、奏人の頬には笑みが浮かんでいた。

その時、扉の方からパチパチという拍手の音が聞こえてきた。

ハッとして、音のする方を見やる。奏人の瞳が、これ以上ないほど見開かれた。

「レオンハルト・エッカードシュタイン……?」

上品な光を放つ、金色の髪。空と同じ色の、切れ長の瞳。部屋の中にいたのは、ギリシャ彫刻のように神々しいレオンハルトだった。

驚きのあまり、奏人は口をぽかんと開けたまま、なんの言葉も発することができずにいた。

「まるで、幽霊でも見たかのような表情だな」

聞こえてきたのは、ドイツ語ではなく日本語だった。レオンハルトは、ドイツ語は勿論英語にフランス語の他、数ヶ国語を話せると聞いたことがあったが、まさか日本語まで達者だったのか。

「ほ、本物ですか……?」

こんな整った美貌の男性、世界広しといえど二人といるはずがない。そんなことはわかっているのだが、感動と驚愕のあまり奏人は気がつけばそう口走っていた。

同時に、その言葉は失礼ではないかと慌てて口を手でふさぐ。けれど、そんな奏人の言葉が何かのツボにはまったのか、レオンハルトは小さく吹き出した。

クールで常に落ち着いており、時折見せる笑みだって余裕のある静かなものが多いレオンハルトの見たことのない表情に、奏人は瞳を瞬かせる。

「ああ、勿論。本物だ……」

笑いを懸命にこらえながら、レオンハルトが穏やかに言った。その優しい眼差しに、奏人の胸はいっぱいになる。

自分の目の前に、憧れの人がいる。心臓の音は、うるさいくらいに高鳴っていた。

座っていたピアノから立ち上がり、レオンハルトと向き合う。

「あの、僕、本当に貴方《あなた》のピアノが好きで、いえ、もう愛していて。貴方のピアノに出会ってから、聴かなかった日は一度もありません」

一体、何を言っているんだ。そうは思っているものの、動転していることもあり、気の利いた発言もできない。

本物だ、本物のレオンハルトがいる。テレビやポスターで見るより、ずっとかっこいい。

この学校を希望したのだって、校内で一目でもレオンハルトの姿を見られたらと、そんな淡い期待を抱いていたからというのもある。

こんな、入学してすぐに会えるなんて、まったく予想をしていなかった。ああ、嬉しすぎて上手く喋れない。

「そうか、それは嬉しいな」

称賛など掃いて捨てるほどされ尽くしているはずなのに、レオンハルトは奏人の様子に目を細め、優しい言葉をかけてくれた。

ああ、レオンハルトは声まで素敵だ。

「本当に、心から貴方のことを尊敬していて……」

頭の中が真っ白になり、もはや自分が何を言っているのかもわからない。手が震え、瞳は潤んできてしまう。それくらい、あらゆる感情でいっぱいになっていた。

「わかったから、とりあえず……少し落ち着いたらどうだ？」

小さく笑ったレオンハルトは、奏人に近づき、がくがくとする手をその大きな手で優しく包み込んでくれる。

あの、妙なる音を出す手が、自分の手に。何かフレグランスをつけているのか、レオンハルトからはとてもいい香りがした。

あれ？　だけど、この香りどこかで嗅いだような……。

「落ち着いたか？」

ようやく手の震えが収まると、優しくレオンハルトが問いかけた。

その美しい顔を見上げ、奏人は先ほどから思っていた疑問を、やっとの思いで口にした。

「ど、どうしてここに、いるんですか……？」

客員教授とはいえ、主に研究が目的らしいレオンハルトは、大学の講義は一つも担当していないと聞いていた。高校の方に、何か用事でもあったのだろうか。

奏人の言葉に、レオンハルトは僅かに首を傾《かし》げた。

「どうしてって」

震えていた手を包み込んでいたレオンハルトの手が離れ、そのままそっと奏人の頬へと触れる。高い位置にある、青色の美しい瞳に見つめられ、奏人の頬が赤く染まった。

「聞いていないのか？　お前の個人レッスンの担当が、俺だということを」

「へ……？　レオンハルトさんが、僕の先生……？」

そんなこと、今初めて聞いた。

個人レッスン？　え？

落ち着いたはずの奏人の心臓の音が、また騒がしくなる。

呆然と立ち尽くす奏人に、レオンハルトが魅惑的な笑みを浮かべる。

「これからよろしく、奏人」

すぐ近くにあったレオンハルトの美しい顔が、ゆっくりと奏人の方へと近づいてくる。

形のいい唇が、奏人の唇におもむろに寄せられる。

「……今回は、逃げないんだな？」

あと少しで唇が重なる、というところで、レオンハルトが楽しそうに呟《つぶや》いた。

「え……」

少し冷静になった頭で、レオンハルトの言葉の意味を考える。

上背のある身体、微かに香るフレグランス、意味深な笑み――。

「あ、あの時の……!?」

二ヶ月ほど前、ジャズバーで奏人のピアノを褒め、そして奏人の初めてのキスを奪っていった男。

顔を引きつらせる奏人に対し、レオンハルトは悪戯《いたずら》が成功した少年のような顔で笑った。

「だ、だっていきなりキスされたんですよ？　びっくりしましたよ」

初対面の異国の男性に、突然キスをされたのだ。文化の違いもあるのかもしれないが、場合によっては大問題になっただろう。

あ、でもレオンハルトが相手だってわかったらそんなことないかも……。

「それは、悪かったと思う。ただ、言葉が通じていないようだったから、どうしても気持ちを伝えたかったんだ」

「い、いえ別に……」

驚きはしたが、怒っているわけではない。素直に謝られると、こちらの方が恐縮してしまう。

「俺も気が動転していたし、咄嗟《とっさ》に日本語が出てこなかったんだ。だが、あの時の奏人のピアノは、それくらい素晴らしいものだった。知り合いに会うために偶々立ち寄った地方都市で、あんな音が聴けるとは思いもしなかった」

　柔らかい笑みを浮かべられ、奏人の顔にまた朱が差す。

「あ、ありがとうございます……」

「正直、客員教授を頼まれた時には、気乗りしなかったんだが……、入学試験でお前の演奏を聴いた時に、あの時ピアノを弾いていた少年だとすぐにわかった。試験の後、お前に教えたいと学長に申し出たよ。実に運命的だし、幸運だと思わないか？　俺も、お前も」

　熱っぽい視線で告げられ、嬉しさと気恥ずかしさで、どんな顔をすればよいかわからない。

「確かに貴方に師事できるのは、これ以上ないほど幸せなことです。一生分のラッキーをここで使ってしまったくらい。でも……」

「何か不安が？」

　表情を曇らせる奏人に対し、レオンハルトが静かに問う。だから、奏人も自分の気持ちを正直に伝えることにした。

「尊敬する貴方に教えていただけるのは、とても嬉しいです。だけど勿体《もったい》なさすぎますし、何より、僕にはそんな資格はありません」

「どうして？」

「その……僕には才能もないですし、それに、手も小さいし」

言いながら、奏人は自分の手に視線を向ける。

身長が伸びなかったこともあるが、奏人の手は思ったよりも大きくならなかった。

「見せてみろ」

レオンハルトの手が、奏人の手を取る。じっくりと見つめられると、なんだか決まりが悪い。

「一オクターブは届くか？」

「あ、はい。十度……ドからミまで、ぎりぎり届くくらいです。ラフマニノフは、ドからソまで届いたと聞いたことがあります。レオンハルトさんも、ドからファまでは楽に届くと」

「それはまず、身長から違うからな。お前くらいの身長なら、これくらいの手の大きさが普通なんじゃないか？」

百六十五センチという身長の奏人に比べて、レオンハルトは二十センチ近く高い。奏人の身長だって、この先伸びることがあるかもしれないが、小柄な母を見ているとその可能性は低いだろう。

「それに、確かにラフマニノフの手の大きさは有名だが、ショパンはドからレまでしか届かなかったそうだ」

「え……？」

ショパンの手が小さかったとは聞いたことがある。けれど、そこまで小さいとは思いもしなかった。

「大きな音が出せないため、広いホールでの演奏は苦手だったという話もある。だが、彼は偉大な作曲家であると同時に、素晴らしいピアニストでもあった」

「ショパンと……比べられるのは……」

いくらショパンの手が小さくとも、彼には素晴らしい才能とテクニックがあった。

「爪はきちんと切ってあるんだな」

「あ、はい」

爪が伸びていると、鍵盤を傷つけてしまう可能性があるため、その点は注意していた。

「ただ……少し手首が固いようだ」

「えっ……」

「練習は嫌いか？　入試の課題曲の時にも思ったが、僅かにテンポが遅れている部分があった。まあ、他の試験官は気づかなかったようだが」

「い、いえそうではなくて。僕の家にはピアノがなくて、あまり練習をする時間が取れなかったんです」

奏人の言葉に、ほんの一瞬レオンハルトの動きが止まった。親族にも有名な音楽家がいて、実家も世界的なレコード会社であるレオンハルトの家には、数台のピアノが置いてあるという記事を読んだことがある。

そんなレオンハルトからすれば、家にピアノがないというのは考えられない話だろう。

「そうか。だが、寮にはピアノもあるし、この部屋は基本的にお前が使えるように申請してある。レッスンは週に三回だけだが、それ以外にも練習をする時間は、十分にあるな」

奏人が、瞳を大きく瞠る。

「週に三回、ですか……？」

「ああ、俺の担当する生徒はお前だけだからな」

教師にもよるが、個人レッスンは週に一回が一般的だと最初に説明されていた。それにもかかわらず、レオンハルトからの個人レッスンを、これから週に三回も。嬉しさと同時に、疑問と不安が心に過る。

「どうして……、どうしてそこまでしていただけるんですか？」

誰よりも尊敬する人が、自分にピアノを教えてくれる。これ以上ないほどの幸運だとは思うが、やはり腑《ふ》に落ちない。

「日本はこれまで素晴らしい奏者を何人も輩出しているし、そのレベルはアジアでは最高峰だと思っている。ただ、それでも最近は中国に押されているのが現状だ。まあ……だからこそ、野上《のがみ》学長は人材育成に力を入れようと思ったんだろう。何度もベルリンに足を運ばれて、熱心に要請してくれた。教壇に立たなくてもいい、籍だけでも置いてほしいとな」

桜ノ森学園の学長である野上は、自身も指揮者でかつてはヨーロッパの交響楽団で演奏していた経験があった。レオンハルトとも、浅からぬ縁なのだろう。

「でも、最初は気乗りしなかったのですよね……」

「自分が教える立場になるなんて、想像つかなかったからな。だけどそれはお前のピアノを聴く前までの話だ。先ほども言ったが……お前のピアノを聴いてからは、そんな気持ちはまったくなくなった。どこの誰かもわからないお前のピアノに魅了されたんだ。いや、違うな。俺はお前のピアノに恋をしたんだ」

「は……？」

一旦離した奏人の手を、レオンハルトが再び取る。

「初めてお前のピアノの音を聴いた時には驚いた。アルトゥール・ルービンシュタインは知っているか？」

「あ、はい。勿論です。ポーランドの、素晴らしいピアニストですよね」

「お前のノクターンを聴いた時、彼のピアノを思い出した。誤解しないでくれ、彼の弾き方に似ていると思ったわけじゃない。ただ、お前のノクターンはそれくらい繊細で、耳に残り、俺の胸を震わせた」

「そ、そんな……」

レオンハルトの言葉は、まるで告白のようだった。

「お前は自分に才能がないと言ったな。悪いが、お前に才能がないのならこの世界に才能のあるピアニストなどいないだろう。何より、お前はピアノに愛されている。音楽の神に祝福を受けているんだ。でなければ、あんなピアノが弾けるはずがない」

確かに、奏人はピアノが好きだ。それだけは誰にも負けない気持ちがある。だからといって、自分に才能があるとも、ましてやピアノに愛されているなどと考えたこともない。

奏人の困惑が伝わったのだろう。レオンハルトは少し考えるような素振りを見せ、そして静かにその口を開いた。

「俺のピアノが好きだと、そう言ってくれたな」

「はい、勿論です」

「だったら、俺の言うことを信じてもいいんじゃないか?」

熱心な口ぶりと真っ直ぐな瞳から、レオンハルトの気持ちは十分に伝わった。

「正直、身に余るといいますか、レオンハルトさんの期待を裏切って、がっかりさせてしまいそうで申し訳ないのですが……。だけど」

言葉を選びながら、気持ちを伝える。そして、高い位置にあるレオンハルトの顔を真っ直ぐに見上げる。

「貴方に教えていただけるんです。僕にできることは、精一杯やろうと思います」

レオンハルトから離された手は、微かに震えていた。けれど、今度は強く握りしめてそれを自身で止める。

奏人の言葉に、レオンハルトは満足げに微笑《ほほえ》み、頷《うなず》いた。


授業終了のベルが鳴り、挨拶を終えると、奏人は他の生徒の間を縫って教壇の前に行く。

アナリーゼという作品理解や分析をする科目の担当は、上品な初老の女性教諭だ。

説明を聞いているだけとはいえ、既存の作品に様々な方向からアプローチをしており、興味深かった。

「あの、宮原《みやはら》先生」

「あ、はい何かしら？」

譜面と書籍をまとめていた宮原は、奏人に気づくと笑顔で動きを止めてくれた。

「すみません、最後に配られたプリントなんですが。一枚足りなかったみたいで……」

「ああ、ごめんなさいね。まあ、あくまで私の解釈なので、そこまで重要なプリントでもないんだけど」

ファイルの中から、宮原がプリントを一枚、奏人に手渡してくれる。

「いえ、先生の解釈、新鮮でしたしとても興味深かったです」

「まあ、ありがとう」

礼を言って受け取れば、宮原はこそばゆそうに微笑んだ。

そのままプリントを手に自分の席、教室の後ろへと戻ろうとすれば、少しだけ奏人よりも小柄な一馬と目が合った。

「点数稼ぎ、ごくろうさま」

すれ違いざまに言った一馬の声は小さかったが、奏人の耳にはしっかり届いていた。別にそんなつもりはないと、言い返そうかとも思ったが、一馬はそのまま他の生徒のところに行ってしまった。

随分、嫌われちゃったなあ……。

そういえば、奏人と同じ列には一馬と仲のよい生徒もいた。おおかた、プリントが奏人のもとに届かなかったのもそういった理由なのだろう。

入学して一週間。奏人への小さな嫌がらせが、ちょこちょこ起こっていた。とはいえそれは、伝達事項が伝わらなかったり、プリントが届かなかったりという些細《ささい》なものだ。

しかも、伝わらなかったら問題になるような、重要なプリントや課題はちゃんと届くところを見ると、そこら辺はきちんと見極めているのだろう。

少人数制で、しかも半数の生徒が入寮しているという閉鎖的な空間のため、生徒間トラブルには学校側も敏感だ。大きな問題になることは、一馬たちも望んではいないのだろう。

ただ、だからといって。

やっぱり、気分のいいもんじゃないな。

なんとなく、教室内にはいづらくて、朝のうちに購買で買っておいたパンを手に、外へと出る。


春の暖かい陽差しを浴びながら、のんびりと奏人は昼食をとった。

雨の日はさすがに学食を使うが、晴れの日はこんな風に簡単なもので済ませることが多い。仕送りをしてもらっているとはいえ、なるべくお金を使いたくなかったからだ。

「ふぅ……」

一馬を始めとする、他の生徒たちの些細な嫌がらせ。その理由は奏人もわかっていた。

それは、奏人の個人レッスンの担当がレオンハルトで、しかも週に三回行われると知られたからだ。最初こそ遠巻きにされているだけだったのに、それが広まってからは見事に避けられている。

まあ、気持ちはわからなくもないんだけど……。

ピアノを習っていて、しかも専門の学校に入学するような者で、レオンハルトを知らない人間はおそらくいない。勿論好みはあるだろうが、それでもこの十年、レオンハルトはクラシック界を牽引してきた。

クラシック好きな人間以外にも絶大な人気があり、音楽番組ではグラミー賞を取った歌手とも共演していたし、各国で行われるコンサートは常に満員だった。

そんな人物に指導してもらえるという機会を得ているんだ。妬まれるのもある意味仕方がない。

自販機で買ったパックの牛乳を飲み終わっても、まだ休憩時間はだいぶ残っていた。

教室に戻るより、このままここにいた方がゆっくりできそうだ。そう思い、ポケットに入れていたスマートフォンとブルートゥースのイヤホンを取り出す。画面を操作し、自然とフォルダを開いたところで、手を止めた。

「そうだ……聴いちゃダメって言われてるんだった」

レオンハルトが奏人に指導すると言ったその日、いくつかの約束をレオンハルトとした。

その一つが、レオンハルトのピアノ演奏をしばらくは聴かないことだった。

初めてのレッスンの日、早速練習をしようと準備をする奏人に、レオンハルトが声をかけてきた。

『奏人、さっき俺のピアノを聴かなかった日はないと言っていたが……』

『はい。レオンハルトさんのアルバムは全部持っているので、いつも聴くようにしています』

ピアノをやめていた時期でさえ、それは途切れなかった。むしろ、自分が弾けないからこそ、レオンハルトのピアノを聴いていたかったのだ。

『わかった。だが、しばらくの間それはやめるように』

『え……？』

思ってもみなかった言葉に、譜面をめくる手が止まる。

『入学試験の自由曲、お前が弾いたのはピアノソナタ第14番、第3楽章だったな？』

『はい。ベートーヴェンの中で、僕が一番好きな曲ですから』

『この話はここだけに留めておいてほしいんだが、入学試験の際のお前の課題曲に関しては、試験官の意見が割れた。どちらもテンポや和音の正確性を見る試験なのに、お前の課題曲の弾き方は……魅力的すぎたんだ』

『は、はい？』

魅力的、レオンハルトは言葉を選んでくれたようだが、その意味がよくわからなかった。

『本来、課題曲は曲調を見るため単調で、悪く言えば退屈な弾き方をする受験者の方が多い。なのに、お前のそれは独自の色が出すぎていた。コンサートならいいが、コンクールだったら間違いなく減点されるだろうな』

『す、すみません……』

練習は重ねたつもりだったが、やはり独学では難しかったのだろう。

指導者がいなければ、客観的な演奏からは遠ざかる。

『謝る必要はない。俺は、むしろ感動したくらいだ。聞きなれたあの曲を、こんな風に弾ける人間がいるのかとな。俺と同じように評価していた者もいたが、試験官が評価したのは、自由曲の方だ。独自のアレンジも少なく、音の強弱や技巧が素晴らしかったと。ただ、俺はそうは思わなかった。理由は、わかるな?』

『わかります。僕はずっとレオンハルトさんの弾き方をお手本にしてきたのに、足もとにも及んでいないからですよね?』

初めて会場でレオンハルトの『月光』を弾いてから、ずっと憧れ続けてきたのだ。あんな風に弾きたい、あんな風に音を出したいと。ただ、どんなに練習し真似《まね》ても、当たり前ではあるが同じようには弾けなかった。

『そうじゃない、いや、ある意味で当たってはいるんだが……お前が俺のピアノを目指してくれるのは単純に嬉しい。実際、試験官にも言われたよ。俺の弾き方に少し似てると』

『そうなんですか?』

嬉しくて、思わず声を弾ませる。対してレオンハルトは、不本意そうな、困ったような顔をした。

『そこは喜ばなくていい。奏人、これだけは覚えておいてくれ。誰かを目標にし、真似ることは悪いことじゃない。だが、レプリカはオリジナルを超えることはできない。お前は俺をも超えるピアニストになる素質が十分にあるんだ。だから、少し俺のピアノからは離れた方がいい』

『え……』

奏人のピアノを評価してくれていることはわかる。だけど、レオンハルトを目指してはいけない、というのは奏人の心に少なからずショックを与えた。

『不服そうだな？』

『いえ……そんなことはないんですけど。だけど、レオンハルトさんのピアノは僕の心を整えてくれる、精神安定剤みたいな作用もあって。もう、ご飯を食べることと同じくらい聴くのは自然なことで……それを禁止されるというのは……』

音楽療法ではないが、レオンハルトのピアノはそれくらい、心のよりどころだったのだ。不満があるわけではないが、やはり寂しい。

そんな風にぼそぼそと話せば、目の前にいるレオンハルトが、小さく笑った。

『まったく、二十年以上ピアノを弾いてきたが、ここまで熱烈な言葉をもらったのは初めてだ。別に、永遠に聴くなと言っているわけじゃない。お前が、自分自身の弾き方を安定させるまでの話だ。しばらくは俺の曲は聴けないが、その間は俺自身で我慢してくれ』

『が、我慢だなんてとんでもないです』

俯《うつむ》きがちだった顔を、慌てて上げる。

『レオンハルトさんに教えていただけるなんて、本当に夢みたいで……もう、幸せすぎて怖いくらいなんです』

口に出してそう言うと、じわじわと頬に熱が溜まっていく。

『俺も、お前に教えることができて嬉しい。時間がだいぶ過ぎてしまったな。今日はとりあえず、好きな曲を選んで弾いてくれ』

『はい』

ドキドキしながら、楽譜を譜面台に置く。

『あ、あと』

『え？』

『呼称をつける必要はない。レオンハルトでいい』

『え？　でも……』

伝説のピアニストとも言われた天下のレオンハルトを呼び捨てにするのには、少なからず抵抗があった。周りの生徒たちの印象もよくないはずだ。

『勿論、他の人間がいる場所では別だ。とりあえず、二人きりの時には名前だけで呼んでくれ。俺も奏人と呼んでいるし、それでいいだろ？』

『は、はい……勿論です』

そう言われてしまうと、反論できない。まあ、本人が言っているのならいいだろう。欧米と日本では、文化の違いもあるのかもしれないし。

奏人は手を最初の位置に置くと、思い切り鍵盤を叩いた。ピアノが自由に弾けること、そして、自分のピアノをレオンハルトに聞いてもらえること。その幸せをかみしめながら。

うん、僕は十分幸せなんだし。それ以上を望むのは贅沢だよね。

中学時代、母の手伝いもあり、ほとんど親しい友人がいなかった奏人は高校では友人を作りたいと思っていた。たくさんでなくともいい、漫画やドラマの中で見るような、同世代の仲のよい友人と色々な話をしてみたかったのだ。

だから、教室の中に居場所がない現在の状況は、少し寂しくはあった。

レオンハルトの生徒がもし翔ならば、皆納得しただろうし、むしろさすが翔だと言われただろう。

だが、経歴も真っ白な奏人がこれだけの環境を与えてもらっているのだ。些細な嫌がらせなんて気にしている時間はない。

レオンハルトに師事できるのだ、それに恥じぬよう、そして、他の生徒たちに少しでも認めてもらえるよう、頑張らなければならない。

予鈴が鳴るのを聞きながら立ち上がった奏人は、密かに心に誓った。

次の時間は移動教室だったため、準備を終えて廊下に出れば、入れ替わりに教室に入ろうとする翔とすれ違った。

「おい」

いつものように無視をされるかと思えば、翔の方から声をかけてきた。珍しいこともあるものだと振り返る。

「入学前から決まってたのか？」

「え？　何が？」

「レオンハルトが、個人レッスンの担当になることがだ」

ああ、そのことか。慌てて、奏人は首を振った。

「ち、違う違う。僕も当日知って、びっくりしたんだ」

奏人がそう言ってへにゃりと笑えば、元々吊り目がちな翔の眦《まなじり》がますます上がった。

「それはよかったな。お前、ガキの頃からずっと馬鹿の一つ覚えみたいにレオンハルトレオンハルト言ってたからな」

せいぜい愛想尽かされないよう頑張れよ、と口では言いながらも、鼻で笑われる。

「う、うん……」

まだ仲がよかった頃、確かに翔にはレオンハルトの話をよくしていた。翔も、少しうんざりはしていたが、黙って聞いてくれていた。

「翔ちゃんも好きだったよね、レオンハルトのピアノ」

そのまま話は終わるかと思ったが、奏人の言葉に翔の動きが止まった。

「確かにレオンハルトは偉大なピアニストだ。尊敬もしてる。だが、憧れてるだけじゃレオンハルトは超えられねえよ」

まるで、言い聞かせるかのように翔はそう言うと、教室の中へと入っていった。

レオンハルトを超えられない。超えるつもりがあるってことか。それを口に出せるってすごいなあ。まあ、翔ちゃんらしいと言えばそうなんだけど。

翔自身、CDデビューの話もどこかのレコード会社から来ていたはずだ。まだ時期尚早で、今のピアノの音を売りたくないと断ったのも翔自身だ。そんな翔なら、確かにレオンハルトを超えることもできるのかもしれない。


「　　　　　　」


奏人は自分の耳には少し自信がある。一度聞いたピアニストの弾き方や癖はすぐに覚えられるし、誰が何を弾いているのかも聴き分けることができる。

ただ、レオンハルトはそんな奏人よりもさらに耳がいいようだ。

「奏人」

「は、はい」

「そこは、クレッシェンドでもいいが、もう少し丁寧に音を大きくした方がいい」

手を止め、譜面を確認し、もう一度弾く。優しく、丁寧に。確かに、レオンハルトに言われたように弾いた方がバランスがよくなった。

初日にレオンハルトに渡されたショパンのワルツ集は原典に近いヘンレ版で、奏人も持っている改訂されている全音版とは違い、曲の指示が少ない。

解釈を考えながら弾いてほしい、ということらしいが、これがなかなか難しかった。おそらく、改訂版と原典版の違いを理解させたいのだろう。

「奏人は、あまり強く音を出せないことを気にしているようだが、無理に強く弾く必要はない。それだけ繊細な音が出せるんだ、むしろその持ち味を生かすべきだ」

「はい」

気まぐれで尊大、典型的な天才肌の芸術家だと聞いていたレオンハルトだが、奏人への指示はとても丁寧で、わかりやすい。

ごくまれに厳しい指摘もされるが、それ以上に褒めてくれる。

「では、もう一度通して……」

「あ、ちょっと待ってくれ」

「はい」

他に、何か気をつける点があるのだろうか。隣に立つレオンハルトを見上げれば、少し困ったような顔をしていた。

「その……俺の言い方は、きつくないか？」

「……え？」

「俺は他人の感情の機敏《きび》に疎い。すぐに思ったことを口に出してしまうから、よく周りの人間を怒らせてしまう」

「あ……」

確かに、オーケストラと共演する際、コンマスと口論になり、あわや公演中止か、という記事は何度か読んだことがあった。

「基本的に、音楽をやる人間は我が強ければプライドも高い。こっちが言えば言っただけ言い返してくるし、それでダメになるようならそれまでの人間だ。だから、気にしたこともないんだが……」

眉間にくっきりとした皺《しわ》を刻んだレオンハルトが、困ったように奏人を見つめる。

「お前はこう、見るからに繊細そうだし、できる限り、傷つけたくないんだ」

「え……」

「お前のピアノの温かい、優しい旋律はお前にしか出せない音だ。ピアノ――特にショパンは弾く人間の心のあり様を映し出す。テクニックがどんなにあっても、気持ちが込められていないピアノでは誰の心も動かせない」

レオンハルトの青い瞳が、奏人に真っ直ぐに向けられる。

「日本人は教師に対し自らの意見を率先して口にしないと聞いたことがある。素直に俺の言葉を聞き入れてくれるのは嬉しいが、もし思うところがあるなら、できれば言ってほしい。だから、敢えて先生という言葉も使わせないようにしたんだ」

レオンハルトが奏人に敬称をつけさせなかった理由は、そういうことだったようだ。

「だ、大丈夫です」

懸命に言葉を選ぶレオンハルトに、奏人は慌てて口を開く。

「ただ言われるままに弾いているわけじゃありません。レオンハルトの言っていることは、僕も正しいと思うから聞いています。それに、レオンハルトはちゃんと質問に答えてくれていますし……」

「そ、そうか？」

「はい！　それに僕、外見はひ弱そうに見えるかもしれないんですけど、意外と図太いんです。ちょっと怒鳴られたくらいじゃへこたれたりしませんよ」

奏人が明るく返せば、ようやくレオンハルトの眉間から皺が消えた。

「わかった。これからは遠慮なく言わせてもらう」

ニヤリと口の端を上げるレオンハルトの表情は、インタビューなどでもよく見る余裕のある笑顔だ。

「お、お手柔らかにお願いします……」

大丈夫だとは思うが、いざ怒鳴られたら多少はショックを受けるだろう。勿論、それでレオンハルトへの敬愛が薄れたり、逃げ出すなんてことはないと思うが。

「冗談だ、俺はあまり気が長い方ではないが、お前に対して声を荒らげようとはまったく思わない。むしろ、お前のピアノを聴いていると気持ちが穏やかになるくらいだ……ただ、一つ率直に言わせてもらうが」

「は、はい」

「昨日、寮に帰ってからどれくらい練習した？」

やっぱり、わかったか。静かなレオンハルトの言葉に奏人がうっと固まる。

「レッスンは毎日できるわけじゃないし、それ以外の日は個人で練習するしかない。寮にはピアノがあるんだろ？　なぜ練習をしなかった」

「その……確かに、一応練習の順番は決まっているのですが、ピアノ科の生徒は多いので、いつも出遅れてしまって……」

「昨日もそう言っていたような気がするが？」

「ご、ごめんなさい……」

レッスンの最後に、レオンハルトは一日の練習の感想や、改善のためのアドバイスをしてくれる。そして、寮に帰ったら自分で練習をするように言うのだ。

けれど、入寮してから一週間以上経《た》つが、奏人は一度も寮のピアノを使えていなかった。

「別に怒っているわけじゃない。ただ、寮生の数に対してピアノが足りていないなら、学長に相談しようと思うんだが？」

「あ、いえ……大丈夫です。今日は、出遅れないように気をつけます」

ようやくレオンハルトの助言により、弾き方も正確になってきているのだ。

土日となれば、さすがに少しくらいは空きが出る時間もあるだろう。少しの憂鬱さを感じながらも、それを曖《おくび》にも出さないようにして、奏人は笑った。

♩

……やっぱり、ダメかあ。

寮のピアノ室は、今日もたくさんの生徒で溢《あふ》れていた。

ピアノは数台用意されているものの、三学年の生徒が使用するため、結構な争奪戦になってしまう。寮側もそれはわかっているようで、基本的に各学年ごとにピアノの数は決められている。奏人が使うとしたら一年生用に用意されているピアノなのだが、レッスンが終わって寮に戻ると、すでに順番は埋まってしまっているのだ。

「あ、ごめん。土日の順番はもう決めちゃったんだ」

ファイルを手に持った一馬に話しかければ、見るからに嫌な顔をされた。

各人の希望を聞き、順番を決めているのは一馬で、確かに表にはそれぞれの時間に名前が入ってしまっている。

奏人の存在に気づいたであろう他の生徒も、それまで賑やかにしていた会話をぴたりとやめた。

「別に大丈夫でしょ、綾瀬君は週に三回も個人レッスンがあるんだし。むしろ、土日くらい手を休ませた方がいいんじゃない？」

暗に、毎日レッスンができない自分たちを優先しろ、と言いたいのだろう。

何を言ってるんだ。二日もピアノを弾かないなんて、感覚に違和感が出てくるに決まってる。ピアノは一日弾かないだけで、三日ほど後退してしまうとも言われてるんだ。

言いたいことはあったが、それを口に出す気にもなれず、押し黙る。

だが、奏人が不満に思っていることは一馬にも通じたのだろう。

「何？　教師だけじゃなく、俺たちも君を特別扱いしろってこと？」

一馬は勿論、その周りにいた生徒たちも冷ややかな目で奏人を見つめた。

これだけ恵まれているのに、さらにそれ以上を望むのか。

嫉妬と怒り、妬みにほんの少しの羨望。

わかってはいたが、彼らから向けられる言葉や感情は辛辣で、奏人の心も暗くなった。理不尽ではあるが、彼らの言い分がまったく理解できないわけではない。

週に三回、レオンハルトからの個人レッスンを受けている奏人とは違い、彼らは週に一度、しかも限られた時間内で順番に教師に見てもらっているのだ。

そう考えると、恵まれている自分がさらに彼らの練習時間を奪うことへの抵抗が少なからずあった。

「わかった。もし順番が空くようだったら、声をかけてもらえるかな？」

「ああ、勿論。別に、俺たちも綾瀬君に意地悪してるつもりはないから。空いたら、ちゃんと声をかけるよ」

「うん、よろしくね」

にこにこと嫌な笑みを浮かべる一馬に、奏人は困ったような笑いを返した。

奏人がその場から離れると、同級生は先ほどと同じように楽しそうな会話を始めた。

ここまであからさまだと、さすがにちょっと傷つくかも。

小さなため息をこっそりとついてピアノ室を出れば、ちょうど廊下を歩いてきた翔と視線が合った。週末だし、どこかへ外出するのだろうか。すでに制服ではなく私服を着ており、肩には大きなスポーツバッグをかけている。

「どこか行くの？」

奏人を一瞥《いちべつ》し、そのまま通り過ぎようとする翔に、思わず声をかける。

ピタリと動きを止めた翔が、見るからに嫌そうな顔で奏人の方を向く。

「お前には関係ないだろ」

予想していた通りの、辛辣な言葉。

「あ、うん。そうだよね……ごめん」

そのまま立ち去ろうとすれば、翔の表情が僅かに変わっていた。苛立《いらだ》っている、というより困惑している、という顔に。

「マンション。寮だとピアノの数にも限りがあるし、練習できないからな」

「あ……」

なるほど、翔が都内にマンションを借りたのには、そういった理由もあったのか。

とはいえ、週末しか使わず、しかもピアノを置ける広さのある部屋を借りるなんてこと、普通の経済力ではできない。父親が有名なベンチャー企業の代表をしている、翔だからこそだろう。

「あの」

少しの時間でいいから、自分にもピアノを使わせてもらえないだろうか。そんな風に思い、翔を見つめる。

「なんだよ」

けれど、翔のいつも通りの苛立ったような声を聞き、慌てて首を振る。

「ごめん、なんでもない」

言ったところで、断られるだけだ。なんで俺がお前にピアノを貸さなきゃならねえんだよ。そう言われるとわかっているのに、頭を下げる勇気は奏人にはなかった。

翔は僅かに首を傾げ、そのまま踵《きびす》を返した。玄関に向かって歩き始めた翔の背に声をかける。

「あ、明日の門限、遅刻しないようにね」

「……するかよ」

振り向くことはなかったが、一応言葉が返ってきたことが少しだけ奏人は嬉しかった。


奏人たちが住む寮は、元々は明治の始まりに日本にやってきたお雇い外国人が住居として使っていたものだ。当初は数年の滞在を予定していたドイツ人の彼は、思いのほか日本を気に入り、友人の建築家に大きな屋敷を建てさせた。

今は桜寮《さくらりよう》と呼ばれているが、正式な名称がキルシュ・ブリューテだというのは、彼が桜の花を愛し、桜の花に囲まれた屋敷をそう呼んでいたという名残《なごり》だ。あちこちリフォームはしてあるものの、ありし日は夜会を開いていた部屋など、所々に面影はある。特に五十人以上の人間が食事をできる食堂はどこかのホテルのようで、最初は奏人も驚いた。

「え……？　今日も結局、練習できなかったの？」

隣で定食のからあげを頬張っていた慶介が、信じられないという顔で奏人を見る。

奏人は寮のピアノが使わせてもらえないことを、慶介にだけ相談していた。

「おかしいよそれ。放課後はともかく、土日まで埋まってるなんてありえないじゃん。ただの嫌がらせでしょそれ」

「うん、そうなんだけど……」

「性格悪すぎ。どうせ水瀬がやってるんだろ？　ピアノ科の白百合《しらゆり》の君って言われてる奏人君に嫉妬してるんだよ」

「……白百合？」

「知らなかった？　他の生徒がそう言ってるの。ヴァイオリン科の先輩たちとか、奏人君の話よくしてるよ。きれいで見ているだけでも目の保養になるって。ピアノ科の先輩たちだって、優しいでしょ？」

「確かに、親切にはしてもらってるけど……」

クラスでは微妙な立場に置かれているが、先輩たちは奏人に対して優しかった。

積極的に話しかけられるようなことはないが、困っていたり、質問したりすると誰かしら助けてくれているような気はする。ただ、そんな意図があるとは思いもしなかった。

「だけど、白百合の君って……」

「男子校だと、潤いがないからねー。この学校、基本的には良家のお坊ちゃんばっかだし、血迷うような人間はいないいと思うけど、くれぐれも気をつけてね」

慶介の考えすぎではないかとは思ったが、とりあえず相槌《あいづち》は打っておく。ただ、そんな奏人の鈍さは慶介もわかっているのだろう。わかってなさそう、とぼそりと呟かれてしまった。

「まあ、レオンハルトさんにここまで猫っ可愛がりされてる奏人君に、何かしようって人間はなかなかいないと思うけどね」

「へ……？　猫？」

「先生たちの間でも話題になってるらしいよ。レオンハルトさん、口を開けば奏人君のことしか話さないし、予定を入れる時にも奏人君のレッスンが最優先。ドイツ人の先生が、レオンハルトは奏人君のファーターだねって言い出してからは、陰でファーターって呼ばれてるくらい」

ドイツ語の授業で習ったが、ファーターの意味は確か父親とか創り手とか、そういったニュアンスだったような気がする。レオンハルトに気にかけてもらえるのは嬉しいが、さすがにそこまで噂《うわさ》されているとなると少しばかり気恥ずかしい。

「まあそれより、今はピアノだよね。うーん、レオンハルトさんに正直に話してもいいんじゃない？　奏人君の話を聞く限り、学校の方にしっかり直談判してくれそう」

「してくれるとは思うけど、レオンハルトにそこまで甘えるのは、ちょっと……」

奏人にだって、多少のプライドはある。レオンハルトに告げ口した、と思われるのは気分がよくなかった。だからこの件に関しては、レオンハルトを頼らずに自分で解決したい。

「都内には時間制でピアノを貸してくれるところもあるって話だけど、安くないし、それになんかムカつくよね。なんで奏人君があいつらのせいで無駄なお金と時間を使わなきゃいけないいんだって感じだし」

まるで自分のことのように怒ってくれる慶介の気持ちが嬉しくて、奏人はこっそりと笑ってしまう。

「え？　なんで笑ってるの？」

「ごめん、慶介君が一緒に怒ってくれるのがなんだか嬉しくて」

そう言うと、慶介は僅かに瞳を大きくし、頬を赤くさせた。

「いや、そんなの当たり前じゃん、友だちなんだから」

「うん」

だけど、奏人にはそんな友だちが今までいなかった。だから、こんな喜びも知らなかったのだ。

「他にピアノがあるところって……」

照れているのだろう、それを隠すためにわざとらしく慶介が腕組みをした。

考え込んでしまった慶介を横目に、奏人は最後に残っていたスープ皿を手に取る。

「あ」

「え?」

「知ってる、ピアノがあるところ!」

子供のような無邪気な笑みを浮かべる慶介に、奏人は数回の瞬きをした。


四階……初めて来たけど、静かだな。

夕食が終わった後の自由時間、友だちと課題をする約束があると言う慶介と別れた奏人は、寮の四階に足を運んでいた。階段を上り、右手の奥へと真っ直ぐに進む。それぞれの部屋からは、楽器の音が聞こえてくる。

あ、これはヴィオラだ。今ちょっとだけ音がずれたかも?

奏人はピアノが一番好きだが、クラシック音楽はなんでも聴く。

今度、慶介君のヴァイオリンも聴かせてもらおう。アンサンブルとか、一緒にできたらいいなあ。……あ、ここだ。

四階の一番奥の部屋。一応軽くノックをし、ゆっくりと扉を開ける。

壁にあるスイッチを押せば、すぐに明るく室内が照らされた。

アップライトピアノと、端に置かれたいくつかの譜面台。ここは、ピアノと他の器楽が協奏曲の練習のために使う部屋だった。

あくまで伴奏用に用意されたピアノであるため、ピアノ室にあるものに比べると音はよくないかもしれないが、弾けないことはないはずだ。そう教えてもらったのだが、慶介が言うように、部屋の中には誰もおらず、ピアノは勿論誰も使っていなかった。

ゆっくりと近づけは、ピアノ蓋が少し埃《ほこり》をかぶっている。ポケットからハンカチを取り出して拭くと、すぐに元の輝きを取り戻した。

椅子に座り、蓋を開ける。

「こんばんは、少しだけ弾かせてもらうね」

ピアノに声をかけ、指を最初の位置に動かす。ちょうどその時、奏人の耳にヴァイオリンの音が聞こえてきた。

これ、ラフマニノフの、ヴォカリーズ？

おそらく、隣の部屋でヴァイオリン専科の生徒が練習を始めたのだろう。

しかも、すごく上手い……！

ヴァイオリンに詳しいわけではないが、聞こえてくる音は完璧なほどに正確だった。きっとヴァイオリン自体も高級なものなのだろう。ずっと聴いていたい。それほど、美しい音色だった。

こっちの音は、聞こえないよね……？

自分も、このヴァイオリンに合わせてピアノを弾きたい。そう思った奏人は、以前練習したヴォカリーズの伴奏を弾くことにした。

どこか哀愁を帯びた曲調のこの曲は、元々は歌曲として作られたものだ。ピアノの穏やかな和音に、自然と気持ちが落ち着いてゆく。

ヴァイオリンの旋律を消さないように、その美しさを少しでも生かせるように。久しぶりではあったが、手が覚えているのか、思ったよりも上手く弾けた。

何より、ヴァイオリンと一緒に演奏できているということに、奏人の胸は高揚した。

最後まで弾き終わると、ヴァイオリンの音が止まった。次の曲に移るのだろう。奏人も、レオンハルトに渡されたショパンを弾こうと、バッグから譜面を取り出す。

その時、強いノックの音が聞こえ、勢いよくドアが開かれた。驚いた奏人は、すぐにドアの方へ視線を向ける。

金に近い茶色の髪に、明るい光彩を帯びたヘーゼルの瞳。すらりとした長身の、モデルのような容姿をした少年がそこには立っていた。顔立ちから、どこか異国の血が入っていることがわかる。

「あ、あの……」

無表情な少年の顔は、怒っているようにも見える。

「ピアノを弾いていたのはお前か？」

　ということは、ヴァイオリンを弾いていたのはこの少年なのだろう。まずい、そんなにしっかり隣にも聞こえていたのだろうか。

「ご、ごめんなさい。貴方の練習の邪魔をするつもりはなくて……」

　瞳を泳がせる奏人に対し、ズンズンと少年は近寄ってくる。整った顔に至近距離で見つめられ自然と身体がすくむ。

「他に伴奏できる曲はあるか？」

「え？　いえ……いつも弾いているのはピアノ曲ばかりで」

「まあ、そうだろうな。譜面は読めるか？」

「はい」

「わかった、持ってくる」

　そう言うと、少年は早足で部屋を出ていこうとする。

「え……ちょっと……」

　呆然としながら呼び止めれば、くるりと少年が振り返った。

「そういえばお前、名前は？」

「へ？」

「俺は朝比奈志音《しおん》。志音でいい」

奏人の瞳が大きく見開かれ、揺れる。朝比奈……志音。それは、奏人の父親である朝比奈清司の一人息子の名前だった。

3

「愛の喜び……」

何冊かの楽譜を隣室から持ってきた志音は、パラパラとめくり、奏人に手渡した。

「クライスラーなら知ってるだろ？　弾けるか？」

「はい。ただ、ちょっと練習してもいいですか？」

「それはいいけど。ってより、なんで敬語なんだよ」

「え？」

「同じ学年だろ、俺たち」

やめろよ敬語、と不満げに志音が奏人を見る。

「そうなんだけど……最初は先輩だと思ったからつい……」

朝比奈の息子ということは、奏人と同い年のはずだ。けれど志音は上背があり、雰囲気も大人びているため、名前を言われるまでてっきり年上だと思っていた。

「というか、ガチで俺のこと知らなかったんだな？」

「ごめん。入学してから自分のことでいっぱいいっぱいで、あんまり周りを見る余裕がなくて」

「まあいいけど。クソ親父のことをあれこれ言われるよりよっぽどいいからな」

日本を代表する大指揮者、朝比奈清司の妻は有名なフランス人ピアニスト、ソフィア・グリモーだ。二人の間には一人息子がいるが、どちらも演奏旅行で家を留守にすることが多く、家族が一堂に会する機会は年に数回しかない、というのは専門雑誌で読んだことがある。

さすがに何か楽器はやっているだろうとは思ったが、ヴァイオリンだとは知らなかった。

「中学までいたウィーンでも、親父の名前は知られてたとはいえ、ここまで言われなかったんだけどな。どいつもこいつも、馬鹿の一つ覚えみたいに世界の朝比奈だのなんだのって」

ひどくうんざりしたような顔で、志音が言う。朝比奈清司とソフィア・グリモーの息子だというプレッシャーを、志音は幼い頃からずっと受けてきたはずだ。

あのヴァイオリンの音を聞く限り、その才能は見事に受け継いだようだが、だからこそ自身の評価に朝比奈の名前がついてくるのは不本意なのだろう。

「俺はお前の名前だけは知ってたけどな。レオンハルトに見初《みそ》められたラッキーなシンデレラボーイ、綾瀬奏人」

「シ、シンデレラ⁉」

「突然引退して引きこもったかと思えば、音楽大学の客員教授なんて死ぬほど似合わないこと始めて。しかもあろうことか、個人レッスンの担当するなんて言い出して、ついでに相手は無名の生徒。ついにはファーターなんて言われて、えらい入れ込みようだよな」

白百合の君だけではなく、シンデレラ。そんな風に言われているなんて思いもしなかった。

「正直、どうでもいいから調べようとも思わなかったんだけど。お前のピアノを聴く限り、あいつの耳は確かなんだろうな」

「そ、そう……？」

「俺がヴァイオリンの音に合わせたいと思った人間はお前が初めてだ。そこは、自信持っていいところだと思うぞ」

「ありがとう……」

清々《すがすが》しいほどに自然な上から目線ではあるが、志音が奏人のピアノの腕を褒めてくれていることはわかった。単純な嬉しさから笑顔を向ければ、志音がじっと奏人の顔を見つめる。

「あと他に理由があるとすれば……多分顔だな」

「へ？」

「あいつが今までつき合ってきた女、モデルだの女優だのたくさんいたが、顔だけはよかったからな。ウィーンに来るたびに毎回違う女を連れてた。音楽家は派手な恋愛遍歴を持つ人間が多いっていっても、あいつのはやりすぎだろ。まあ、さすがに教え子には手を出さないと思うけど」

予想もしていなかった志音の言葉に、奏人の表情が固まる。

世界的なピアニストであることは勿論、実家も資産家で古くはバイエルン貴族の末裔《まつえい》だというレオンハルトが、社交界でとても人気があったことは知っている。

ただ、そこまで女性遍歴が奔放だとは思いもしなかった。潔癖なイメージはさすがにないが、女性を口説いている姿が想像できない。

ああ、だけど外見はクールなのに、かけてくれる言葉は優しいからなあ。

奏人に対しても、厳しい言葉をかけた後は必ずフォローしてくれる。元々憧れの人だったのもあるとはいえ、ここ数日過ごしただけでも奏人はレオンハルトの言葉にときめきを感じていた。

モテるだろうとは思ったけど、なんか……もやもやする。

「憧れのレオンハルトのイメージが崩れてショックか？」

黙り込んでしまった奏人に、志音が問う。

「そんなことはないけど……」

嘘だ。レオンハルトが奏人の大切な師で、憧れる気持ちがなくなることはないが、衝撃的な話ではあった。

「ただ、志音君、詳しいなあと思って」

ウィーン育ちだという話だし、旧知の仲なのだろうか。ただ、それにしてはレオンハルトに対して少し辛辣なような気もする。

「親の関係で、面識はあるからな。昔からやたら偉そうで、常に自分が一番だって顔してるいけ好かない奴だった。ピアニストとしては一流でも、音楽のことしか頭にない人格破綻者って印象」

淡々とした言葉は冷たく感じるが、それでもピアノに関しては評価しているようだった。

「って、悪いな。お前の師を悪く言っちまって」

「あ、いや……むしろ、レオンハルトの一面が知れて嬉しいよ！」

「……は？」

「レオンハルトって僕の前では完璧で、ピアニストとしては勿論、人間的にもできている人って印象だったから、そんなところもあるんだなあって」

「完璧？　人間ができてる？　レオンハルトが？」

「う、うん」

その言葉に、志音はまるで信じられないものを見るかのような目で奏人を見る。

「ないだろ。これまでのマネージャーは皆あいつと喧嘩《けんか》して辞めてったし、あいつの我儘《わがまま》にキレた指揮者がついには指揮棒を投げつけたって噂があるくらいだ。正直、お前の将来を考えたら今からでもまともな指導者に変えてもらった方がいいと思うくらいなんだが」

「そ、そんなことないよ。レオンハルトは時々厳しいことも言うけど、基本的には優しいし、教え方もとても上手いんだよ。それに、すごく褒めてくれるから、やる気が出るんだ」

「なんか、俺の知ってるレオンハルトとは全然違う人物みたいに聞こえるんだが……まあ、いい。なんにせよ、せっかく知り合えたんだし、俺の伴奏にこれからもつき合ってくれないか？」

「え……？」

「お前が伴奏してくれると、すごくいい気分で弾けたんだ。音の相性もいいみたいだし」

「そ、それはいいけど……」

ほんの一瞬、躊躇《ちゅうちょ》してしまったのは、朝比奈と奏人の関係を何も知らない志音と、それを黙ったまま親しくなることに少しばかりの抵抗があったからだ。

結婚前ではあるものの、自分の父親が他所《よそ》の女性との間に子供を作っているのだ。事実を知れば、いい気分はしないだろう。

とはいえ、志音と仲よくなったところで、朝比奈と直接関わることはないはずだ。それに、奏人自身も少しだけ気になっていたのだ。半分血の繋《つな》がった、弟の存在が。

「そっか、ありがとな。ところで、なんでお前こんなところで練習してたんだ？」

「え？」

「そのピアノ、ほとんど使われてないのもあって、少し前まで調律もできてなかったんだ」

「そうなんだ……」

だから、ピアノ科の生徒も、誰も練習に使っていなかったのかもしれない。

「まあ、今は調律もしてあるし年代物の割に音も悪くないけど、練習するなら下のピアノ室にあるやつの方がいいんじゃないか？　何台かあるだろ？」

「うん……そうなんだけど……」

察しがいいのか、志音はその言葉で奏人の表情が曇ったことにすぐに気づいた。

「ピアノ室、何か使えない理由でもあんのか？」

「それは……えっと……」

口を噤《つぐ》む奏人に何かしら思うところがあったのか、はたまた事情を察してくれたのか。

志音は願ってもみない提案をしてくれた。

「この部屋、無駄にスペースがある割に音が響かないって、器楽科の連中にはあんまり評判がよくないいんだ。当面のところは俺が借りるから、ピアノは自由に弾いていい」

「い、いいの？」

「ただし、俺も練習に使うから、時間があったら伴奏してほしい。スマホ持ってるだろ？時間なんかは連絡するから」

「うん」

スラックスのポケットからスマートフォンを取り出し、連絡先を交換する。

「あ、それから」

顔を上げると、志音が、少しばかり照れくさそうな顔をしていた。

「何？」

「お前のピアノを聴いて、特別扱いがおかしいなんて思う奴は、耳が悪すぎる。さっさとこの学校をやめて、他の道を探すべきだ。だから……お前はもう少し、自信を持ってもいいと思う」

志音がきれいな顔を奏人の方に向けて言った。もしかしたら、奏人が陰でなんと言われているのか志音の耳にも入っていたのかもしれない。

口調はぶっきらぼうだが、奏人のピアノを評価してくれていることは十分に伝わった。

「あ、ありがとう……。ピアノのことも、本当に助かるよ」

にっこりと微笑めば、なぜか志音は少し驚いたような顔をして、その長い腕を奏人の頭へと伸ばしてきた。

「な、何?」

ぐしゃぐしゃと髪をかきまわされ、思わず抗議の声を上げる。

「……別に。それより、さっさと練習しようぜ。『愛の喜び』、伴奏してくれるんだろ?」

「う、うん」

渡された楽譜を、譜面台に置く。志音が隣の部屋からヴァイオリンを持ってくるのを待ちながら、奏人は手を鍵盤の上に乗せた。

ヴァイオリニストであるフリッツ・クライスラーの、三つの古いウィーンの舞曲の一つだ。『愛の悲しみ』が物悲しい旋律であるのに対し、タイトルの通り、愛の喜びを感じさせてくれる曲。

志音はこの曲を、どんな風に弾くのだろう。奏人はわくわくした気持ちでピアノを弾いた。


♪

志音のお蔭で、寮でもピアノを弾くことができるようになった奏人は、これまで以上に高校生活を楽しんでいた。特に休日は、自由に好きなだけピアノが弾けるという贅沢な空間が嬉しくて、ほとんどの時間を練習室で過ごしていると言っても過言ではない。

志音もなんだかんだで顔を出してくれている。

決して饒舌《じょうぜつ》な方ではないが、質問にはしっかりと答えてくれるし、ピアノに関しても適切なアドバイスをくれる。

少し前までヴァイオリンとピアノの、どちらも習っていたというだけのことはあり、志音はピアノの方も十分すぎるくらい弾けた。それこそ、ピアノ科で試験を受けても合格しただろうと思うほど。

「勿体ないなあ。どうして、ピアノやめちゃったの？」

椅子に座り、ヴァイオリンの手入れをしている志音に声をかければ、少し考えるような素振りを見せた後にこう言った。

「別にやめたわけじゃない。ピアノを弾くのは今でも好きだ。ただ……俺には尊敬してるピアニストがいて、その人には絶対敵《かな》わないと思ったから、ピアニストを目指すのはやめた」

尊敬している、の部分でほんの僅かだが志音が視線を逸らした。

「尊敬するピアニストって、お母さんのこと？」

「……知ってたのか。海外では有名でも、日本じゃあんまり知られてないんだが」

「勿論、知ってるよ。ソフィア・グリモーさんのピアノ、僕もすごく好きなんだ。温かくて、優しくて、聴いてると、晴れた日に日向ぼっこしてるみたいな気分にならない？」

「日向ぼっこ……」

奏人の言葉を、志音も繰り返す。そして、何かのツボにはまったのか、小さく吹き出した。肩を震わせている志音に、奏人は失礼な表現だったかと心配になる。

「え？　ごめん、言い方がおかしかったかな」

「いや、多分母さんも聞いたら喜ぶ。レオンハルトみたいな派手さはないかもしれないけど、あの柔らかい弾き方は意外と難しいんだ」

「うん、あの指使いと技術は、本当にすごいと思うよ。手首が柔らかいんだろうなあ」

ＤＶＤで見た滑らかな手の動きは、とても美しかった。

「確かにそれは、あるかもしれないな」

「え？」

いつの間にかヴァイオリンの手入れを終えた志音が、奏人の傍《そば》まで来ていた。

そして、その手で奏人の手を取る。

「意外と、手は小さいんだな」

志音が奏人の手をまじまじと見つめて言う。上背がある志音の手は大きかった。

「うん」

「風呂で、指や手首のマッサージをするといいかもしれない。母さんも、よくやってた」

母さんと同じくらいの大きさだ、と志音が零した。

「よかったら、今度母さんが帰国したら紹介させてくれ。二十年以上現役のピアニストをやってるんだ、お前にとってもいい刺激になると思う」

「ええ？　ソフィア・グリモーさんに！？」ソフィア・グリモーに会える、一瞬心が華やいだが、すぐに奏人は我に返った。

朝比奈とソフィアは婚姻関係にあるものの、不仲だという話は時折ゴシップ紙に書かれていた。

志音は朝比奈を嫌っているようだが、ソフィアのことは純粋に母として慕っているようだ。朝比奈と奏人の母との、過去の出来事に起因している可能性は十分ある。

おそらくソフィアは、自分の顔など見たくもないだろう。もしかすると、志音も事実を知れば、奏人に嫌悪感を持つかもしれない。

「……奏人？」

出会ってからまだ数週間しか経っていないが、志音と一緒に話したり、練習をする時間はとても楽しかった。

けれど、その日々はいつまで続くかわからない。

「あ、ごめん。ソフィアさんに会えるかと思うと緊張しちゃった」

「コンサートでは猫かぶってるけど、家にいる時はうるさいババアだけどな」

「志音君……！　お母さんのこと、そんな風に言っちゃだめだよ」

顔立ちはとても上品なのに、志音は意外と口が悪い。そのギャップがまた面白かった。いつか真実を知られたら、この関係は変わってしまうかもしれない。それでも、今だけでもこの時間を大切にしたい、そう思った。

♩

「昨日よりも、格段に音がよくなってるな」

「ありがとうございます……！」

笑顔のレオンハルトに言われ、安堵《あんど》と喜びが湧いてくる。

ピアノを少しでも上達させるために、レオンハルトは奏人に様々な質問をしてくれる。

例えば、ピアノ歴。多くのピアニストは、幼少期から師事した教師の色がつくものだが、奏人の弾き方にはそれが少ないそうだ。矯正する必要がないのはいいが、その理由を訊かれ、数年ほどピアノから離れていた時期があることを話した。

理由を深く追究されなかったのは、奏人にもなんらかの事情があることを察してくれたからだろうか。

ピアノ教室に通っていた十歳までに使っていたピアノ教本について訊かれ、ソナチネの途中だったという話をすれば、何冊かの教本を用意してくれた。

ただ、教本だけでは退屈だろうと、練習曲を弾かせてももらえる。今練習しているのはモーツァルトのピアノソナタ11番、有名なK．３３1第1楽章だ。

「ある程度弾ければ練習曲は必要ないという人間もいるだろうが、基礎はやっぱり重要だ。バッハとモーツァルトなんて、ただ弾くだけなら誰でもできるが、聴かせる弾き方をするとなるととても複雑で、難しい。特にモーツァルトは、子供の方が上手く音が出せるくらいだ」

奏人が演奏している間は基本的には立っているレオンハルトだが、話す際には隣の椅子に座り、目線を合わせてくれる。

「どうしてですか？」

個人差はあるだろうが、長く続けさえすれば、年齢と共にピアノは上達するはずだ。

「おそらく、世界の見方や、ピアノに対する気持ちが変わってくるからだろうな。無駄にテクニックがついてくることもあって、自分をよりよく見せようとする。正直、俺もモーツァルトに関しては昔の方が上手く弾けたと思う。だが、お前は違う」

「え？」

「お前のモーツァルトは、ピアノを習い、上達し始めた少年の純粋な音のままなんだ。だから、あんなにもきれいな音に聞こえる」

レオンハルトは褒めているのだろうが、少しだけその言葉に引っかかりを覚えた。

「それって、子供みたいな弾き方ってことですか？」

「いや、子供のような稚拙さはない。ただ……普通は長く弾いていると最初に持っていた気持ちはなくなってしまう。ピアノを弾く楽しさや喜び……お前の演奏からは、それが今でも伝わるんだ。ただ真っ直ぐで、透き通るような美しさを感じる。それこそ、世界がきれいに見えてくるような」

「ほ、褒めすぎだと思います……！」

奏人はただ楽しくて、自分が思う通りに弾いているだけだ。ピアノが弾ける幸せは感じているが、そこまで言われてしまうと嬉しいが困ってしまう。

「奏人は謙虚だな。素直で努力家だし、とても優秀な生徒だ」

生徒。レオンハルトの言葉に、幸せだった気持ちに、冷水をかけられたような気持ちになる。

志音はレオンハルトを人格破綻者だと言っていたが、相変わらず奏人の目には完璧にしか映らない。オーダーメイドのイタリア製のスーツを着て、髪型もきれいに整えている。見た目だけではなく、奏人がその時々に必要な言葉をいつもくれる。

元々ピアノが好きだということもあるが、レオンハルトに少しでも褒めてもらいたくて、毎日の練習もまったく苦にならない。そして、ここまでレオンハルトが奏人のことを考え、色々と心を尽くしてくれるのも、すべて奏人がピアニストになるためだ。

奏人は自分がとても、これ以上ないほど恵まれていることはわかっている。だけど最近は、少し、ほんの少しだけ。ただの生徒でしかない自分の立場が、寂しく思えた。

……志音君の話を聞いたからって、どうかしてる。レオンハルトの恋人たちのことを、羨ましく思うなんて。

「あ、ありがとうございます。頑張ります」

尊敬している大好きな人に優しくされて嬉しくて、憧れる気持ちを恋心だと取り違えてしまっているだけだ。

いくらレオンハルトが格好よくても、自分の恋愛対象は男性ではない。

勘違いするな、と自分の心に言い聞かせる。

「そういえば、来週から長期の休暇に入るが、奏人は実家に帰るのか?」

「え?」

「寮に残ることもできるが、ほとんどの生徒は実家に帰ると聞いたが」

カレンダーを確認すれば、確かに来週から一週間のゴールデンウィークだった。

「レオンハルトは、どうするんですか?」

「俺か? そうだな、お前が実家に帰るならベルリンに一時帰国しようかとも思ったんだが……」

その時、レッスン室のドアがノックされる音が聞こえた。

時計をちらりと見れば、下校時刻の十五分前だった。とはいえ、なんだかんだでレッスン室は多少時間がオーバーしても使わせてもらっているため、帰宅を促されるのは考えづらい。

ドアを開こうと椅子から立ち上がれば、その前にガチャリとドアが開かれた。

「え？　志音君？」

「やっぱりここだったか。俺も今日はレッスンだったから、一緒に帰ろうと思ったんだ」

部屋の中に入ってきたのは、ヴァイオリンケースを肩にかけた志音だった。

「もう、レッスンは終わりなんだろ？」

「あ、うん……」

帰っても、大丈夫だろうか？　奏人がちらりとレオンハルトの方を見やれば、ひどく難しい、怪訝そうな顔をしていた。

「久しぶりだな、レオンハルト」

志音が声をかければ、その形のいい眉がぴくりと動いた。

「ああ、やっぱり朝比奈ジュニアか」

レオンハルトの言葉に、志音の表情が険しくなる。

「そのふざけた呼び方、やめろって前も言ったよな？」

「ジュニアはジュニアだ。それ以外に呼び方があるか？　背は伸びたみたいだが、中身は

相変わらず子供のままのようだな」

「そりゃあ、すっかりオッサンのあんたに比べたらな」

二人の口論はどんどん不穏になっていく。とても奏人が口を挟めるような状況ではない。

そのうち日本語で話すのが面倒になったのか、レオンハルトがドイツ語で喋り始めると、志音も同じようにドイツ語で応じ始める。

授業で習うようになったとはいえ、元々ドイツ語の素養などほとんどない。しかも二人ともネイティブであるため、何を言っているのかさっぱりだ。けれど、時折『奏人』と自分の名前がどちらの口からも出てくるため、居心地がよくない。

一体、なんの話をしてるんだろう……。

冷静な二人にしては珍しい言い合いは、しばらくの間続いていた。けれど、そのうち志音の発した言葉にレオンハルトは驚愕《きょうがく》した表情で奏人の方に視線を向けた。

「奏人、寮のピアノが使えていないというのは本当か？」

厳しい表情で、肩をがしりと摑まれる。思わず怯めば、少し力が弱められた。

「どうしてもっと早くそれを言わなかったんだ。それなら」

「学長にでも頼んで、奏人にもピアノを使わせるようにするのか？　ただでさえ特別扱いなのに、他の生徒に奏人がどう思われるか、わかって言ってるんだよな？　ファーターに泣きついたって噂されるのが関の山だ」

レオンハルトの言葉にかぶせるように、志音が口を挟む。

「寮の練習室は皆が公平に練習できるよう、寮生が自分たちで自主的に順番を決めることになってる。勿論、奏人にピアノを使わせない奴らに一番問題はあるが、お前が首を突っ込めばますます奏人への風当たりが強くなるに決まってるだろ？　あんたは誰に何を言われようが平気だろうし、他人の目なんて気にしないで生きてきたんだと思う。だけど、奏人をそれに巻き込むなよ」

淡々と、冷静に話す志音に対し、レオンハルトの眉間の縦皺が深くなる。

「ありがとう、志音君。レオンハルトも、心配してくれてありがとうございます。確かに、最初はピアノが使えなくて困ったんだけど、でも、今は器楽科のピアノを貸してもらえてるから、大丈夫なんです」

「だが、一言相談してくれたら」

「気持ちは嬉しいですが、できればこの問題は、自分で解決したくて」

実際のところは志音に助けられてしまったのだが、レオンハルトに頼らずともなんとかなった。

けれど、奏人の言葉に、なぜかレオンハルトはどこか苦しげな、口惜《くや》しげな顔をした。

「だからといって」

なおもレオンハルトが言い募ろうとしたところで、ちょうどチャイムが鳴った。

「時間だ。奏人、帰ろう」

「え？」

志音が、奏人の教本と筆記用具を音楽バッグに素早くしまう。そしてそれを持つと、驚いている奏人の腕を少し強引に引き、レッスン室を出るように促す。

「おい、まだ話は」

「話なら明日すればいいだろ。さようなら、レオンハルト先生」

頬を引きつらせているレオンハルトを尻目に、志音はこれ見よがしな笑顔で奏人を引っ張っていく。

「す、すみませんレオンハルト。また明日」

ペコリと小さく頭を下げると、そのままレッスン室を後にする。

最後に見えたのは、眉間に皺を寄せたレオンハルトだった。


「ま、待って志音君。危ないよ」

志音は運動神経がいいのか、早足で廊下を歩き、階段も勢いよく下りていく。

腕を摑んでいた手はいつの間にか下がり、手を繫いでいるという状況だが、それでも少し不安定だ。

「転んだらちゃんと支えてやるから、安心しろ」

POSTCARD

STAMP HERE

101-8405

東京都千代田区
神田三崎町2-18-11

二見書房
シャレード文庫愛読者 係

通販ご希望の方は、書籍リストをお送りしますのでお手数をおかけしてしまい恐縮ではございますが、**03-3515-2311までお電話くださいませ。**

<ご住所>

<お名前> 様

*誤送を防止するためアパート・マンション名は詳しくご記入ください。
*これより下は発送の際には使用しません。

TEL	職業/学年
年齢　　代	お買い上げ書店

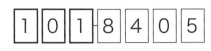

Charade愛読者アンケート

この本を何でお知りになりましたか?

1. 店頭　2. WEB (　　　　)　3. その他 (　　　　)

この本をお買い上げになった理由を教えてください(複数回答可)。

1. 作家が好きだから(小説家・イラストレーター・漫画家)

2. カバーが気に入ったから　3. 内容紹介を見て

4. その他 (　　　　)

読みたいジャンルやカップリングはありますか?

最近読んで面白かったBL作品と作家名、その理由を教えてください(他社作品可)。

お読みいただいたご感想、またはご意見、ご要望をお聞かせください。

作品タイトル:

ご協力ありがとうございました。

お送りいただいたご感想がメルマガに掲載となった場合、オリジナルグッズをプレゼントいたします。

少しだけ後ろを振り向いた志音が、笑って言った。

窓から差し込む橙《だいだい》色の夕陽にサラサラした志音の髪が照らされて、きれいな光彩を放っていた。

自分たちの部屋には戻らず、そのまま二人はあらかじめ予約していた練習室へと駆け込む。校舎から寮まではそれほど距離があるわけではないが、走るとさすがに息切れがしてしまう。特に、練習室は四階にあるため、階段を駆け上がるのが大変だった。

「はぁ、疲れた……！」

「結構、体力が落ちてるな。最近、あんま走ってなかったからな」

まだ息が整わない奏人とは違いその表情は涼しいままだ。

「な、なんで走ったの……？」

下校の時間は決まっているが、鍵が閉められて校舎に閉じ込められることはない。こんなに急ぐ必要はなかったはずだ。

「別に？　お前とレオンハルトがくっついてるのが、面白くなかったから」

意味がわからない。まだ話の途中だったのに。奏人は小さくため息をつく。

「わかんなきゃ別にいい」

それに対して、なぜか志音は視線を逸らしてしまった。

クールな美形で、一見冷たそうな志音だが、実際の性格は心優しく、友だち思いであることは知っている。おそらく、レオンハルトに詰め寄られている奏人を心配してくれたのだろう。

音楽バッグを長椅子の隅に置いて座れば、志音もヴァイオリンケースを壁に立てかけ、その隣に腰を下ろした。

「だけど、なんで寮のピアノが使えない話をレオンハルトにすることになったの?」

あの部分の二人の会話は、ずっとドイツ語で交わされていたため、まったくわからなかった。

「ああ、それは……。ヴァイオリン科の俺が、お前と仲よくなった理由を訊かれたからだ。いつの間に親しくなったんだ、どういう関係だって、すごい剣幕だったな」

「そっか、そういうことだったんだ」

確かに、クラスが違えばあまり他の科の生徒との交流はない。奏人自身、志音だけではなく、他の生徒の話はレオンハルトにはしたことがなかった。

「お前の話を聞いて薄々感じてたけど……レオンハルト、お前には大甘だな?」

「え?」

「甘いっつーか、むしろ溺愛? 無駄にべたべたしてるし、歯の浮くような台詞であれこれ褒めまくってるし」

二人がどんな話をしていたかはわからない。だけど、レオンハルトが奏人のことを気にかけてくれたことはわかった。嬉しいが、なんだかとても恥ずかしくなってくる。

「だから言ったでしょ？　レオンハルトは、とても優しいんだよ」

それを誤魔化すように笑えば、志音は複雑そうな表情をした。

元々レオンハルトに対しあまりいい感情を持っていないように思ったが、最近奏人がレオンハルトの名前を出し、褒めるといつもこういった顔をされてしまう。

奏人は、顎に伝う汗をソッと拭った。

4

翌日の放課後。いつも通り早めに奏人がレッスン室へ行けば、中からピアノの音が聞こえてきた。

これ、『月光』の第3楽章……！

レオンハルトの弾く音であることはすぐにわかり、珍しくノックもなしにそっとドアを開けてしまった。指導をしてくれているとはいえ、レオンハルトが奏人の前でピアノを弾くことはほとんどない。弾いてくれたとしても、ほんの一小節とかその程度だ。

ああ……レオンハルトのピアノの音だ。

鍵盤を叩く、力強く繊細な音。指が踊るように鍵盤の上を駆けていく。

引退した後、レオンハルトは表舞台では一度もピアノを弾いていない。何度かコンクールやコンサートのゲストに呼ばれてはいるが、あくまでコメントを残すのみだった。

ずっと憧れ、尊敬し続けた大好きな人。そんな人のピアノを目の前で聴けるなんて、少し前の奏人には想像もつかなかった。けれど、椅子から立ち上がったレオンハルトは、奏人に気づくとなんともいえない、気まずそうな顔をした。

「聴いてた……よな？」

「はい、とても素敵でした」

「やめてくれ。最近は練習量が減っていたのもあって、思うように弾けなかった」

「確かに、途中で左手が一瞬遅れていたところがありました。でも、レオンハルトのピアノが素晴らしいのには変わりがありません！」

にこにこと、幸せな気分で言う奏人に、レオンハルトは首をすくめた。

「敵わないな、この耳には。まさに、ピアニストになるために生まれてきたような耳だ」

レオンハルトの長い腕が伸び、奏人の耳朶に優しく触れる。

くすぐったさに身をよじれば、こめかみに唇を寄せられ、優しく口づけられる。

「……!?」

さすがに驚いてレオンハルトを見れば、当人も困惑したような表情をしている。

「悪い、その……つい、触れたくなってしまって。嫌だったか？」

「い、嫌ではないですけど、びっくりして……」

ドキドキと心臓の音が高鳴る。恥ずかしさと嬉しさに、頬に熱が溜まっていく。

「さて、時間になったな。練習を始めよう」

まだ心臓の音はうるさかったが、なんとか平静を装い、頷いて椅子に座る。こっそりと隣を見れば、いつも通りのノーブルな雰囲気のレオンハルトが昨日奏人が書いた楽典をチェックしている。

もう少し触れていてほしかった。そんな風に思う気持ちを振り切り、小さく深呼吸をする。


レオンハルトの様子が、少しおかしい。そう思ったのは、練習を始めて一時間ほど経ってからだ。普段通りに指導は適切で、細かい指摘は勿論するが、その倍以上に褒めてくれる。ただ、時折奏人の方をじっと見つめ、何か言いたそうな表情をするのだ。思ったことははっきりと口にしてくれるレオンハルトにしては、珍しかった。

そもそも、奏人が自分の弾き方を身につけるまでは奏人の前では弾かないと言っていたにもかかわらず、ピアノを弾いていたのだ。それに関しては嬉しかったが、やはりどこか違和感がある。

だから休憩に入るとすぐに、奏人はレオンハルトに問いかけた。

「あの……何かありましたか？」

ソファに座る奏人の言葉に、ペットボトルの水を飲んでいたレオンハルトの片眉が上がった。

「なんでもなかったらごめんなさい。レオンハルト、ずっと何か言いたそうにしていたので」

「ああ、いや……」

レオンハルトが、自身の手を口もとへやる。何かを考えている時のレオンハルトの癖だ。

「プライベートなことだから、訊いていいか迷ったんだが」

「はい」

「奏人は、朝比奈ジュニアとつき合っているのか？」

レオンハルトの言葉に、奏人の表情が固まった。言葉の意味が、すぐに理解できなかったからだ。

「志音君と、僕が？　つき合っているっていうのはあの、恋人同士という意味で？」

「ああ。そうなのか？」

深刻そうな顔をしているレオンハルトに対し、奏人の頭の中は混乱していた。

「ち、違います！　つき合ってません！」

志音も自分も男だ、とは思ったものの、その言葉は出さなかった。世界には同性婚が認められている国もあるし、それを口にするのは無神経だとも思ったからだ。

特に、芸術家にはゲイやバイセクシャルの人間も多いと聞く。

奏人自身はこれまで自分の性的指向に関して深く考えたことはなく、クラスに気になる女の子くらいはいたから、ボンヤリと異性愛者だと思っていた。

けれど、目の前の美しい男性から見つめられるとひどく落ち着かなくなる自分の気持ちにも気づいていた。

とはいえ、志音に関しては勿論好意は持っているが、大事な友だちだ。志音だって、レオンハルトに誤解をされるのはたまったものではないだろう。

「そ、そうか……」

穏やかな表情で、レオンハルトが言った。どことなくホッとしているように見えるのは、気のせいか。レオンハルトに限ってないとは思うが、同性愛に対する嫌悪感でもあるのだろうか。

「いや……あいつ、お前に手を出すなと言っていたし、とても親密そうに見えたから、もしかしたらと思ったんだ」

「あ……」

ミネラルウォーターを口にしていたレオンハルトが、奏人の横に座る。思い当たる節はあった。志音はレオンハルトのこれまでの女性関係を知っているため、奏人のことを心配してくれたのだろう。

「誤解です、いいお友だちですよ。志音君が聞いたら、怒ると思います」

「――……それにしても、なんで言ってくれなかったんだ？」

「え？」

「日本では、こういう時に水くさい、と言うんだろ？　寮のピアノを使うのを他の生徒から邪魔されているのは、俺のせいなんだろう」

レオンハルトの表情が曇る。

「気づいてやれなくて、すまなかった。確かに、最初は違和感があったんだ。ピアノを弾くのが大好きなお前が練習をしてこないなんて」

「僕が、貴方に心配されたくなくて、気づかれないようにしてたんです。気にしないでください」

「だが」

「もし、僕が相談したらレオンハルトは学長にかけ合ってくれて、寮のピアノが弾けるようになったかもしれません。でも、学長は現状を変えようと、僕への特別扱いをやめるように貴方に言ったかもしれない」

「それは……」

「例えば、レオンハルトが他の生徒に教えたり、レッスンの時間を減らしたり……することになったかも」

　そういった状況の変化を余儀なくされる可能性は、十分にあった。

「僕は、それが嫌でした」

「え？」

「あ、すみません。別に、レオンハルトが他の生徒を教えるのが嫌だってわけじゃないんですけど。ただ、レオンハルトにレッスンをしてもらえるのが僕はとても嬉しくて。……特別扱いを、やめてほしくなかったんです。だから、貴方に相談をしなかった。欲張りですよね、ごめんなさい……」

　本音とはいえ、なんだか恥ずかしくなる。自分の中にこんなある種の独占欲があるとは思いもしなかった。自然と、俯いてしまう。

「もし学長に言われても、どうせ断っていた」

　少し間をおいて、レオンハルトが言った。

「え？」

　顔を上げれば、レオンハルトは柔らかく微笑んでいた。

「俺はお前以外に教える気はないし、たとえ他の生徒に教えることになっても、お前が特別であることは変わらない。あいにく、俺は聖人君子ではない。誰も彼も平等に可愛がるなんて無理な相談だ」

なぜか得意げに言うレオンハルトの様子に、思わず小さく奏人は吹き出してしまう。

「ありがとうございます、とても嬉しいです」

緩み切っているであろう笑顔でそう言えば、レオンハルトが頷き、その大きな手で奏人の頬に触れる。

「そういえば、知ってますか？」

優しい手つきに、ふと奏人は先日慶介から言われた言葉を思い出す。

「レオンハルト、僕のファーターって呼ばれてるらしいですよ」

「……ファーター……さすがにそんな年ではないんだが」

レオンハルトの顔が、少しばかり引きつる。確かに、レオンハルトはまだ三十になったばかりのはずだ。

「でも……悪い気はしないな」

ぽつりと呟いたレオンハルトの言葉に、奏人は小さく笑う。

「ところで……朝比奈ジュニアとつき合っていないということは、奏人には今恋人はいないのか？」

「は……？」

思ってもみない質問に、一瞬言葉に詰まる。

「いません！　というか、今はそれどころじゃないというか！」

「どうしてだ？」

「レオンハルトにピアノを教えてもらってるんです。そんな、恋愛なんてしてる余裕ないですよ。そもそも、僕モテませんし……」

レオンハルトのきれいな切れ長の青い瞳が、見開かれる。

「モテない？　奏人が？」

「はい……中学時代だって、周りの女の子に全然意識されませんでしたし」

コンプレックスを刺激されているようで、なんだかとても気まずい。

「確かに、奏人は声も高いし、そこらの女の子より可愛いからな」

「揶揄わないでください」

どうせ、子供みたいだと思われているのだろう。ただでさえ東洋人は若く見られると言うし、レオンハルトにとって自分はほんの子供のようなものなのだ。

声にしたって、少し前の声楽の授業でアルトパートもできるんじゃないかと教師に言われたばかりだ。レオンハルトの男性的な、低い声には程遠い。

「別に揶揄ってるわけじゃない。それに、さっきそんな余裕なんてないと言っていたが、恋愛は大切だ」

優しく奏人の髪を撫《な》でたレオンハルトが、優しい笑みを向ける。

「ロマン派の時代は特に、偉大な音楽家たちは自分の思いや夢、自由への渇望、情熱や憧れ、悲しみといった様々な思いを音に込めた。恋だってその一つだ。多くの音楽家は身を焦がすような恋をし、その気持ちを曲に託した」

確かに、有名な作曲家たちは恋の逸話をいくつも残している。かの有名なベートーヴェンなど、何人の女性に恋をしたかわからない。

「なるほど……だから、レオンハルトも色々な女性に恋をしたんですね」

別に、嫌味が言いたかったわけではない。ただ、レオンハルトがたくさんの女性にこれまで恋をしてきたかと思うと、面白くなかっただけだ。

「なんの話だ?」

レオンハルトの焦ったような表情から、志音の言葉が嘘でないことがわかる。わかっていたことだが、もやもやして、レオンハルトから顔を背ける。触れられていた手は、自然と離れた。

「朝比奈ジュニアか！　あいつ……。いや、その話は誤解で」

「レオンハルトがモテるのなんて当たり前のことですから、いいですよ。レオンハルトがどんなに女性が好きでも、僕がレオンハルトを敬愛する気持ちには変わりありませんから、安心してください」

苛々していることを悟られぬよう、自然と早口になってしまう。

「いや、だから……」

なんとも気まずそうに、レオンハルトが表情を歪《ゆが》ませる。常に余裕のある表情をしているレオンハルトには珍しく、奏人は胸の空く思いがした。

「はい、休憩終わりにします」

一方的にそう言うと、奏人はソファから立ち上がる。けれど、歩き出すことはできなかった。レオンハルトの大きな手が、奏人の手首をパシリと捕らえていたからだ。

「と、ところで奏人」

「はい」

まだ、何か？　と出そうになってしまった言葉を笑顔で誤魔化す。

「昨日、途中で話が終わってしまっただろう。来週からの長期休暇は帰省するのか？」

真摯な瞳で、レオンハルトが奏人を見つめる。もし奏人が学校に残ると言えば、一回くらいレオンハルトは練習を見てくれるだろうか？

……ダメだ、そこまで甘えられない。

レオンハルトがいくら熱心に奏人を指導してくれていても、それは学校生活の中だからだ。貴重な休みを、自分のために費やさせるわけにはいかない。まだ予定は決めていなかったが、実家に帰ると言おう。

けれど奏人がそう答える前に、レオンハルトが先に口を開いた。

「もし、実家に帰らないなら……よかったら、俺の家に来ないか？」

奏人が何度か目を瞬かせる。

「えっと……ドイツに、ってことですか？」

「いや、そうじゃない。都内にマンションを借りてるんだ。ピアノも置いてあるし、ゆっくり練習もできる。あ、ただ最初の二日は他の仕事が入ってるから寮の方で過ごしてくれるか？　後は……」

「ちょ、ちょっと待ってください」

思ってもみなかったレオンハルトの言葉に、奏人の思考が追いつかない。

「僕がレオンハルトのお家に、ピアノの練習をしに、遊びに行っていいってことですか？」

「遊びに行く……まあそんな感じだな？」

「連休三日目に？」

「いや、三日から？」

「三日から毎日通っていいってことですか？」

「なんで通う必要があるんだ。そのまま家にいればいいだろう？」

今度こそ、奏人の動きが止まる。

「い、いいんですか……？　だって、せっかくの休みなのに」

「せっかくの休みだから、お前と一緒に過ごしたいと思ったんだ。ダメか？」

「ダメじゃ、ないです……」

申し訳ない気持ちは、勿論ある。貴重な連休の数日間を、すべて奏人と一緒に過ごしてくれると言うのだ。

勿論、ピアノのレッスンが一番の目的だろうが、嬉しくてたまらなかった。

「よろしく、お願いします」

ペコリと頭を下げれば、笑って頭を撫でられた。大きな手の感触が、とても心地よかった。


聞いていた通り、ゴールデンウィーク当日、寮生のほとんどがそれぞれの家へと帰省していった。

志音には途中まで一緒に帰らないかと誘われたが、新幹線の時間を夕方にしてしまったと答えた。少し残念そうに寮を出ていく志音を見送り、そのまま奏人はピアノ室へと向かった。

ピアノ室にある三台のピアノは、確認したところ今日は誰の練習も入っていなかった。

「初めまして、やっと会えたね。よろしくお願いします」

気を取り直し、鍵盤蓋を開けて、挨拶をする。

そういえば、ここのところピアノを弾く時にはたいてい誰かが傍にいた。レッスンの時にはレオンハルトが、寮の練習室では志音が。

誰かがいると、自然とその誰かに伝えるためのピアノを弾いてしまう。

勿論、それはとても大切なことで、ただ楽譜通りに指を動かすだけでは魅力的な音は出せない、とレオンハルトには言われた。

自分の想いを、気持ちを、そのすべてを目の前にある白と黒の鮮やかな鍵盤で奏でる。

そして、恋は音楽をする上で大事だというレオンハルトの言葉を思い出す。

確かに、前より上手くなったと思えるのは……それが理由なのだろうか。

相変わらず迫力のある音はなかなか出せないが、それでも躍動感は出せるようになった。

ただ弾いているだけで楽しかったピアノ。しかし、最近は弾きながらよくレオンハルトのことを考えていた。

ピアノを弾いている時だけではない。朝目覚めた時、きれいな空を見上げた時、日常の、何気ない瞬間でも気がつけばレオンハルトを思い出している。

長い間尊敬し、憧憬の想いを抱いてきた人とこんなに近くにいられることで、舞い上がっているのだとずっと思っていた。奏人にとってレオンハルトの存在は絶対で、同じ場所で空気を吸えるだけでも幸せな気分になれるのだ。

だけど、多分それだけではない。

上手くピアノを弾いて、レオンハルトに喜んでほしいのも、レオンハルトにもっと自分を見てほしいと思うのも。奏人がレオンハルトに特別な想いを抱いているからこそ、そう思うのだ。

相手はたくさんの女性を愛し愛されてきた人で、おそらく性的指向は異性愛者だ。仮に男性を愛することができたとしても、自分はレオンハルトにとっては子供で、ただの生徒でしかない。国籍も違えば年齢差もあり、恵まれた人生を歩んできたレオンハルトと奏人とでは、とにかく何もかもが違う。

可愛がってもらっているとは思うし、志音にもそれは指摘されているが、それだってあくまで教え子としてだ。

この恋が叶う可能性なんてない。自分の中のピアノの神様に恋をしたようなものなのだ。それでも――思うだけなら自由だ。だから、この想いをピアノの音に込める。それが、自分がレオンハルトへの気持ちを表す唯一の手段だと思うから。

♩

レオンハルトが借りているのは、広尾《ひろお》駅から歩いて十数分のところにある低層マンションだった。

連絡をくれた時、レオンハルトは寮まで迎えに来てくれると言っていたのだが、周りの目もあるため、それは遠慮した。

小さめのスポーツバッグを肩にかけて最寄りの出口で待っていれば、サングラスをかけたレオンハルトが迎えに来てくれた。オックスフォードシャツにアースカラーのスラックスというカジュアルな服装を、上品に着こなしている。

奏人のスポーツバッグを自然な動作で持とうとしてくれるため、慌てて断ったのだが、少し歩くから自分が持つと強引に取り上げられてしまった。

ありがたいと思いつつも、こんなに優しくされてしまうと、勘違いしそうになるから、困ってしまう。

「都心なのに、緑が多いですね……」

地方出身者の奏人にとって、広尾駅といっても最初ピンと来なかったが、歩いている人間は明らかに他の街の雰囲気とは違っていた。

「公園や大使館が多いからな。日本の知り合いに紹介してもらったんだが、なかなか便がいい」

さらりとレオンハルトは答えたが、視界に入るマンションや戸建てはすべて高級そうなものばかりだ。高校生の奏人にだってわかる、ここは富裕層の暮らす街であることが。

そして、いざレオンハルトのマンションに着いて、改めて思った。

今までのマンションもお洒落なデザインのものが多かったが、レオンハルトの住居はその中でも群を抜いている。今や裕福さの象徴となっているタワーマンションとは違い、高さはそれほどないものの、汚れ一つない白い建物はとにかく大きく、横に広がっていた。

「す、すごいマンションですね……」

あまりの外観の立派さに思わず呟けば、小さく笑われる。

「そんなに大した部屋じゃない。戸数も多くないから滅多に人とも会わないし、気楽に過ごしてくれ」

言いながら、ルームナンバーと暗証番号を押す。独特の電子音が鳴り開錠され、ようやくエントランスの中へと入れる。受付に人はいないようだったが、待合い用にソファやテーブルがあり、まるでどこかのホテルのようだ。

「どうした？」

エレベーターの方へと向かっていたレオンハルトが、足が止まりがちな奏人を気にかけてくれる。

「いえ……庭がきれいだなあって」

エレベーターまでの道はガラス張りになっており、中庭の様子を見ることができた。

「ああ、パティオか。確かに小さいながらもいい庭だな」

ち、小さい……⁉

奏人にしてみれば、十分な広さのある庭も、レオンハルトに言わせると小さなものになってしまうようだ。わかってはいたが、色々な意味で感覚が違う。ただ、それにしても。

「天気のいい日に、こういうところでピアノを弾けたら気持ちがいいと思いませんか？」

五月の新緑に彩られた庭は美しく、午後の日差しに照らされてキラキラと輝いている。ひらひらと花の周りを舞う蝶《ちょう》も、とても楽しそうだ。

レオンハルトは、奏人の言葉に小さく笑う。

「さすがに外のような気持ちよさはないが、ピアノは光の入る部屋に置いてある。楽しみにしていてくれ」

そうだった、今回の目的はあくまでレオンハルトの家でピアノを教えてもらうことだ。学校でのレッスンの延長、合宿みたいなものだ。くれぐれも、勘違いしてはいけない。数日間レオンハルトと二人きりで過ごせることに、つい気持ちが浮き立っていたが、落ち着かなければ。

密かに気を引き締めて、奏人はレオンハルトと一緒にエレベーターへと乗り込んだ。


予想はしていたが、レオンハルトの部屋は一人暮らしとは思えないほど部屋数が多く、広かった。リビングの大きな窓からは都心の風景がよく見えたし、数は多くないものの、シンプルでモダンな家具が置かれている。

寛いでくれ、などとレオンハルトからは言われたが、はっきり言って落ち着かない。

なんとなく手持ち無沙汰にしていると、戻ってきたレオンハルトがピアノのある部屋へと案内してくれた。部屋全体が南向きなのもあるのだろう。リビングからドア一つで繋がっている部屋は、陽当たりがとてもよかった。

「このピアノ……大きくないですか？」

グランドピアノがあることにまず奏人は驚いたのだが、学校にあるものよりさらに大きく感じた。

「コンサート用だからな。お前が隣に立つと、余計に大きく見える」

ピアノの前に立つ奏人を、揶揄うようにレオンハルトが言う。

「レオンハルトに比べれば、どうせ僕は小さいですよ……でも、これから伸びる可能性だってあるんですからね！」

「確かに、可能性はゼロではないな」

頬を緩めて言われても、説得力がない。人種が違うと言ってやりたかったが、そういえばフランス人の血が入っている志音はともかく、翔も奏人よりは十センチ以上背が高い。

別に、ピアノを弾くのに身長は関係ない。だが、レオンハルトに憧れてきただけに、少しばかり複雑だ。

「ピアノの前に、少し話そう。ここで過ごす間の説明もしておきたい」

背中を押され、リビングに戻るよう促される。確かに、急がずとも時間はたくさんあるのだ。

背に伝わるレオンハルトの手の熱に、ドキドキしながらも奏人は頷いた。

奏人にはホット・チョコレートを、自分にはコーヒーを淹《い》れたレオンハルトは、五日間の予定を簡単に説明した。

「基本的にはレッスンが中心だが、せっかくの休みだし、気晴らしにもなるから外出はしよう。食事は、悪いがデリバリー中心になる。あまり、料理は得意じゃないんだ」

「いえ、それはかまわないんですが……あ、僕が作っちゃダメですか？　簡単なものでもよかったら」

「かまわないが……奏人の趣味は料理なのか？」

奏人ぐらいの年齢の男子が料理をしたがるのを、レオンハルトは不思議に思ったのだろう。

「趣味というより、必要に駆られてできるようになったというか。母子家庭だった期間が長かったので」

小学校低学年の時に祖母が亡くなってからは、働いている母を助けるために家のことはできるだけ奏人もやるようにしていた。あっけらかんと、明るく答えたのだが、レオンハルトの表情は少し申し訳なさそうなものになった。

「そうだったのか……。そうだな、キッチンは自由に使ってくれてかまわないが、くれぐれも怪我をしないよう気をつけるように」

「え？」

「ピアニストは手が命だ。奏人はもう少しそれを意識した方がいい」

「あ、はい。ありがとうございます……」

だから、さっきも重たい荷物を持ってくれたのだろう。

レオンハルトは、奏人のことをピアニストとして扱ってくれる。それが、とても嬉しい。

「あの、レオンハルト……？」

「なんだ？」

「その……本当によかったんでしょうか？　休み中に押しかけてしまって」

レッスン室で今回の件を聞いた時には、嬉しさからすぐに了承してしまったが、冷静に考えればやはり図々しく思ってしまう。

「よかったも何も、俺が誘ったんだが？」

「だけど……レオンハルトが熱心に指導してくれるのは嬉しいんですが、生徒だからってここまでしてもらうのは……」

数日間の衣食住に関しても、レオンハルトはあらかじめ一切お金は必要ないと言ってくれた。けれど、本来ピアノのレッスン費用は高額だ。これまで教師の経験はないと言っていたが、レオンハルトであればどれだけ金を積んでもいいからレッスンをしてほしいという人間はいくらでもいるはずだ。

「休みの日に仕事をしてもらうわけですし……申し訳なくて」

いくらレオンハルトが奏人を気にかけてくれているとはいえ、さすがに甘えすぎてはいないだろうか。これでは公私混同だ。

「仕事……あまり、そんな風には考えてはいなかったな」

マグカップに口をつけたレオンハルトが、僅かに首を傾げる。

「え？」

「単純に、俺がお前にピアノを教えたい。それじゃダメなのか？」

「それは……嬉しいのですが……。でも、ただの生徒相手にここまでしてもらうのは」

申し訳ないと、おずおずとそう言えば、レオンハルトはなんとも言えない、複雑そうな顔をした。

「じゃあこうしよう。プライベートで会う時には、俺たちは教師と生徒であることはやめる」

「へ？」

「誤解しないでくれ、勿論、ピアノは教えるつもりだ。だが、それは俺がお前の教師だからではなく、俺がお前に教えたいからだ。こういうのはどうだ？　ある日ジャズバーから聞こえてきたピアノの音に心を奪われた男が、いつの間にかピアノを弾いている本人にも惹《ひ》かれ、少しでも傍にいたいと思う。そして言うんだ、黒鍵の数だけ君にレッスンをしたい、と」

「……『ピアノ・レッスン』じゃないですか」

最初はレオンハルトの言葉にひどく胸が騒いだが、最後の台詞で冷静になってしまった。

「古い映画をよく知っているな」

「アカデミー賞作品ですからね。ピアノのタイトルが気になって中学時代に借りてきたら内容が思っていたものと随分違っていて、ビックリしました」

タイトルの通り、映画の中でピアノは重要な役割をしているのだが、中身は激しいラブストーリーだ。

「そもそも、黒鍵の数ってことは三十六回しかレッスンをしてもらえないんですか？」

「それもそうだな。なかなかいい口説き文句だと思ったんだが、奏人が映画の内容を知っているとは思わなかった」

「口説き文句って……揶揄わないでください」

レオンハルトの一つ一つの言葉に、一喜一憂してしまうのだ。そんな風に言われたら、自分を恋愛対象として見てもらえる可能性があるのかと、勘違いしてしまいそうになる。

「揶揄ってるわけじゃない、本気だ」

「え……？」

「お前が、俺をとても尊敬し、慕ってくれているのはわかる。だが、それはあくまでピアニストとしての俺だ。俺自身をどうしたら好きになってくれるか、最近はいつも考えている」

レオンハルトの口ぶりは淡々としていて、声だっていつものトーンと変わらない、冷静なものだ。ただ、その頬には少しばかり朱が差している。

「その……意味がよく……」

自分がレオンハルトを想うあまり、都合がいい言葉に聞こえてしまっているのだろうか。

これではまるで、レオンハルトが自分のことを好きだと言っているようだ。

「悪い、私情を話しすぎたな。ただ、お前は俺が善意でピアノを教えたいと思っているようだが、それだけじゃないから負い目を感じる必要はないんだ。かといって誤解しないでくれ、下心がないとは言い切れないが、ピアノを教えることを条件に無理やり何かをしようとか、そんなつもりは一切ない。奏人は気にせず、ただ自由にピアノを弾いてくれればいい」

レオンハルトの青い瞳が、奏人を真っ直ぐに見つめている。

こんな時ではあるが、その瞳の美しさにしばし見惚《みと》れてしまう。

けれど、それは僅かな間のことで、すぐにレオンハルトの言葉で頭の中はいっぱいになっていく。

レオンハルトが……僕のことを……？

あまりの嬉しさに、胸がいっぱいになる。今、自分の顔は真っ赤になっているだろう。言葉なんて、出てくるはずがない。

「部屋に風を入れてくる。奏人は、ゆっくりしていてくれ」

それだけ言うと、レオンハルトは奏人を残し、隣の部屋へと行ってしまった。

すぐに、両手で顔を押さえる。

え……夢じゃ、ないよね……。

心臓の音は、先ほどからずっとうるさいままだ。少しでも落ち着こうと、奏人は目の前に置かれたカップへと口をつける。少し冷めたホット・チョコレートはとても甘かった。

5

レオンハルトが奏人に勧める曲は、往々にして優しく、軽やかな曲調のものが多い。モーツァルトにショパンやバッハ、有名なものもあれば、あまり聞いたことがないものもある。けれど、奏人が楽しく弾けるように、どの練習曲も音の連なりやメロディーが美しい曲ばかりを選んでくれる。

これまではついレオンハルトが好んでいた曲や、コンサートで弾いていた曲、ようはベートーヴェンが中心になってしまっていたのだが、色々な曲が弾けるのは新鮮でもあった。レオンハルトは奏人の可能性を信じ、指導してくれる。けれど、連休明けの初めてのレッスンで、レオンハルトから指示された曲目は意外なものだった。

「ショパンのエチュード、『革命』ですか……？」

椅子に座ったままの奏人は、窓辺に立つレオンハルトを見上げる。

少しだけ窓を開けているため、気持ちのよい風が外から入ってくる。桜の季節はとっくに終わり、五月の新緑がまぶしい。

「弾いたことは？」

「ありません。子供の頃に弾きたいって言ったら、まだ早いって言われて」

「何歳の時だ？」

「……四歳です」

奏人の言葉に、レオンハルトは小さく吹き出した。さすがに、それは早すぎると思ったのだろう。

「確かに、その頃じゃさすがに手が届かないだろうな」

「僕もそう思います……指の動きにもついていけなかったでしょうし」

あの頃、他の子供たちの誰より上手いと褒められていたこともあり、奏人は少し調子に乗っていたのだ。

もっとも、その後すぐにピアノ教室に入ってきた翔や、レオンハルトのピアノに出会ったことで、自身の視野がいかに狭かったのか実感したのだが。

「大丈夫だ。今なら指も届くし、テクニックだって問題ない。奏人なら、美しく弾きこなせるだろう」

奏人を安心させるように、レオンハルトが柔らかい笑みを向ける。

普段のクールな表情とは違うその眼差しに、胸がときめく。

連休中のレオンハルトの告白の後、てっきり二人の関係は変化するかと思ったが、意外にもこれまで通りの関係に留まっていた。気持ちを告げられたものの、それに対する奏人の返答を、レオンハルトは望まなかったからだ。

毎日食事を一緒に取り、練習をし、午後からは出かけたり、また練習をしたりした。ある種の共同生活に、最初こそ緊張した奏人だったが、レオンハルトがある程度の距離感を保ってくれるため、いつの間にかリラックスして過ごすことができた。あのレオンハルトが、スーパーへの買い出しにもつき合ってくれた。

好きな時にピアノが弾けて、それをレオンハルトが聴いてくれる。夢のような数日間はあっという間で、元の生活に戻るのは寂しく感じた。

それこそ、あの時の告白だって実は夢だったのではないかと思うが、レオンハルトが奏人を見つめる視線から、そうでないことがわかる。

優しい、奏人だけを見てくれている瞳に、深い愛情を感じるからだ。

おそらくレオンハルトは、待ってくれているのだろう。奏人が自身の気持ちを整理するのを。

「だけど、奇遇ですね。確か、クラスの子も次の課題曲は『革命』だって言ってました」

軽い気持ちで言ったのだが、奏人の言葉にレオンハルトの表情が変わる。

「ああ、今はピアノ科の生徒は皆、同じ曲を練習しているはずだ」

「え?」

教師同士で、取り決めたということだろうか。

「奏人、李雲嵐《リウンラン》というピアニストを知っているか?」

「勿論です。中国の若手ピアニストの中では、一番だって言われている方ですよね? 二年前のショパン国際ピアノコンクールに年齢制限のために出場できなくて、メディアでも話題になりましたし。彼のテクニック、すごいですよね。ミスが少ないのは勿論ですが、あんなに速く指を動かせるなんて魔法みたいです……最近、よく聴いています」

現在十七歳の雲嵐は、英才教育を受けていることもあり、すでに世界中にその名が知られている。それこそ、三年後のコンクールの最有力候補だと。

「秋に、雲嵐が来日することになった。日本のドラマの吹き替えが目的らしいが、一日だけコンサートもする。その際に日本と、そして韓国から一人ずつ十代のピアニストが同じ舞台に立つことが決まったんだ。そして、日本の代表はこの学校から選ばれる」

「雲嵐のコンサートですか？　日本では初めてですよね、それはぜひチケットを」

「そうじゃない」

レオンハルトが、苦笑いをして奏人の言葉を遮った。

「そうじゃなくて……まったく、なんでお前は聴く側の人間になろうとしてるんだ。日本の代表としてコンサートに出る人間はこの学校の生徒から選ばれるって言っただろう？」

奏人の大きな瞳が、ますます大きくなる。

「む、無理です……！　この学校から選ばれるって言っても、他に上手い生徒なんてたくさんいるんだし！　僕なんて！」

レオンハルトは、奏人に学校の代表として選ばれて、コンサートに出るよう言いたいのだろう。雲嵐と同じ舞台に立てるなんて、またとないチャンスであることはわかっている。素晴らしい刺激と経験にもなるだろう。

けれど、今の奏人にとってそれはあまりにもハードルが高すぎる。

「まったく……謙虚なのはいいが、そこまでくると卑屈に聞こえるぞ？」

レオンハルトが、これ見よがしにため息をついた。

「すみません……。せっかく、レオンハルトに教えてもらっているのに」

「別に、怒ってるわけじゃない。ただ、贔屓目《ひいきめ》なしに、俺はお前が選ばれると思っている。だから推薦した」

「へ？」

「それぞれの教師が全学年から一人ずつ生徒を推薦して、来月の校内コンクールでコンサートの出場者を決める。韓国からは誰が来るのかはわからないが、あの国も今はクラシックに力を入れてるからな。雲嵐が弾くとなると世界的に注目も集まる。日本にも、これだけの若手ピアニストがいるんだと、アピールをする目的もあるんだ」

雲嵐の日本初のコンサートなのだ、メディアを始めとしたレコード関係者や多くのクラシックファンは注目しているのだろう。そこで、下手な演奏をした日には、自身は勿論のこと、日本のクラシック界のイメージすら損ねかねない。

「ものすごい舞台じゃないですか……！　僕には荷が重すぎますよ……！」

「いや、むしろお前が適任だろう。お前くらいしか、雲嵐に対抗できる人間を俺は思いつかない」

レオンハルトが真摯な瞳で奏人を見つめる。その瞳に嘘はなく、おそらく本心からそう言ってくれているのだろう。

ここまで言ってもらえて、これ以上弱音を吐くわけにはいかない。

「……やるだけやってみます」

「ああ、その意気だ。校内コンクールまでは、しばらく課題曲を中心に練習することになる。それで……相談なんだが」

「はい」

「これからも週末は、俺の家に練習に来ないか？」

レオンハルトが珍しく、少し遠慮がちに問うた。

「え？」

「連休中に思ったんだが、俺も直接指導ができるし、お前も集中してくれていた。校内コンクールの前だけでもいいから、なるべく練習時間は取った方がいいと思うんだ」

レオンハルトの言葉に、他意はない。校内とはいえコンクール前なのだ。それは、指導してもらう時間は長い方がいいだろう。

「レオンハルトの都合が、大丈夫でしたら……」

奏人が答えれば、レオンハルトが満足そうに笑った。あくまで、家に行くのは練習のためだ。コンクール前だから、レオンハルトが気にかけてくれているのだ。

それはわかっているが、やはり嬉しい。あんな風に、またレオンハルトと二人きりで同じ時間を過ごせるのだ。奏人は頻に溜まっていく熱を、必死で誤魔化した。

レッスンが終わり、器楽科の練習室をノックすれば、すでに志音が中で練習をしていた。

奏人に気づくと一旦音合わせを中断してくれたのだが、隣で楽典の課題をする間、奏人が週末をレオンハルトの家で過ごすことを話せば、志音はあからさまに顔を顰《しか》めた。

「レオンハルトの家に？　それ、あいつから提案したのか？」

「うん……校内コンクールの前だけでも、練習時間を増やした方がいいって」

普段の奏人は、週末はもっぱら志音と共に練習室を使っている。他の生徒とは違い、志音なら言いふらす心配もないだろうからと、事情を話すことにしたのだ。

「大丈夫なのか？」

「え？」

「あいつ、奏人にものすごい肩入れしてるだろ？　ちょっと、あの執着具合は恐ろしさすらある」

志音には、レオンハルトから告白されたことは勿論言っていない。前回の二人の会話を聞く限り、激怒してレオンハルトに文句を言いに行くのが想像できるからだ。

「それだけ、熱心に教えてくれてるだけだよ」

「お前のピアノの才能は確かだから、夢中になる気持ちはわかる。けど、なんかあいつのお前に対する感情って、それだけじゃない気がするんだよな。ものすごい溺愛されてるって……校内でも有名になってる。ファーターどころか、恋人同士なんじゃないかって噂されてるくらい」

「そ、そんなことないよ！」

慌てて否定するが、気持ちを告白された手前、思い当たる節はある。

「あいつ、女癖は悪かったけど、どの女にも執着してるように見えなかったんだよな。相手には音楽家も多かったから、才能には惚れてたんだろうけど。一番長く続いたフレデリカでさえ、引退した途端すぐに別れたみたいだし」

「フ、フレデリカさんともつき合ってたんだ」

フレデリカ・トレイトラー。モデルのように美しい、人気の女性ピアニストだ。日本好きでも有名で、日本の大学にも留学経験があったはずだ。

「あんな美人を袖にするなんて、レオンハルトくらいにしかできないだろうな。日本語だって最初はフレデリカに教えてもらったって話だし」

「そうなんだ……」

平静を装いつつも、心の中がじくじくする。フレデリカのことは、奏人もピアニストとして尊敬している。流れるような音色は、彼女の心のうちを表すように美しい。ＳＮＳでも、よく日本のファンに対して呼びかけてくれていたりするし、勝手に親しみを感じていた。だけど、彼女がレオンハルトの恋人だったことを考えると複雑だ。

レオンハルトは、確かに奏人への好意を伝えてくれた。連休中に、まるで恋人同士のように過ごせたのが嬉しくて、夢のような心地の中にいた。けれど冷静になると、あの時のレオンハルトの言葉は何か間違いのような気がしてならない。

あの後は特に何も言われてないし、もしかしたらレオンハルトも間違いだったたって思ってるんじゃ……。

考えれば考えるほどドツボだ。ひとまずこのことは忘れて、目の前のピアノに集中しなければ。

「校内コンクールだけど」

「何？」

鍵盤に手を置いたところで、志音に話しかけられる。

「わざわざ休日返上で練習しなくても、選ばれるのは奏人だと思う」

珍しく唐突な志音の物言いに、少し驚く。

「ありがとう。だけど……それはないんじゃないかなぁ」

「なんでそう思うんだ？　前から思ってたけど、お前もうちょっと自信持ってもいいんじゃないか。なんかトラウマでもあるのか？　昔コンクールで頭が真っ白になってやらかしたとか」

「そういう、わけじゃないんだけど……」

気が弱いと思われがちだが、意外と奏人は本番には強く、子供の頃の発表会で失敗したことは一度もない。翔からも「本番にだけは強い」などと揶揄《やゆ》されるほどに。

「昔、偉い音楽の先生に言われたんだ。僕には、才能がないって」

もう、随分昔のことだ。

父である朝比奈の存在は、母から聞いていた。有名な指揮者で、ピアノとヴァイオリンのどちらも弾けたこと。音楽に関しては、天賦の才があったこと。朝比奈のピアノの音に強く惹かれていた奏人は、朝比奈が父親であることを、誇りに思った。

けれど、そんな父から下された評価は厳しいもので、朝比奈の言葉は、今でも奏人の心に刺さった棘《とげ》のように、抜けないままだ。

「それだけか？」

志音は、いまいちピンと来ていないようだった。

「うん、それだけだけど……」

「くだらねえな。その偉い先生ってのが誰かは知らないが、お前の才能を見抜けなかった時点で耄碌《もうろく》してるだろ。そんな奴の言葉にいつまでも囚われてるのか？」

気持ちのいいくらい、明快な言葉だった。奏人はポカンとしてしまい、すぐに言葉が出てこない。

「なんかお前って……図太いんだか繊細なんだかわかんないな」

「ええ？」

「いや、一部のピアノ科の奴らに時々、嫌味言われたりしてるだろ？　何度か見かけて、腹が立ったから何か言ってやろうかと思ったんだけど、お前は全然応えてないっていうか、視界にすら入れてないだろ？　見かけと違って意外と神経が太いなって驚いたんだよ」

「あぁ……」

確かに、あからさまではないものの、今でも小さな嫌がらせはされている。

「視界に入れてないってことはないんだけど……でも、音楽って、コンクールなんかでは勿論競い合わなきゃいけないけど、基本的には自分との戦いだと思うんだよね。だから、いちいち気にしても仕方ないかなって。言い返したところで、自分のピアノが上手くなるわけでもないし……って志音君？」

奏人の話を聞いていた志音は、何が面白いのか、肩を震わせて笑っている。王子様のような外見をしているのに、こういった時の笑い方はまったく気取っていなくて、そこがまた志音のいいところだと奏人は思う。

「悪い、やっぱお前面白いな。この世界、座れる椅子は少ない分、足を引っ張りたがる人間が多い。けど……お前のその性格は音楽をやるのに向いてる。だから、そんな耄碌したおっさんだかおばさんだかの話なんて気にするな。むしろ、見返してやれ。ほら見ろ、お前の目は節穴だっただろうってな」

「志音君……」

口ぶりだけ聞くと、あまり優しくはない。どちらかというと、きつい時もある。それでも、彼はいつも優しく、奏人の傍にいてくれる。

「ありがとう。本当に、いつも志音君には助けてもらってばかりだよ」

にっこり笑ってそう言えば、志音は照れたような表情をして、そっぽを向いてしまった。

「別に……。あ、だけど奏人、ピアニストとしてのレオンハルトを尊敬するのはわかるけど、あいつを好きになるのはやめとけよ？」

唐突に出てきたレオンハルトの名前に、ドキリとする。

「好きって……」

「お前にレオンハルトがどんな風に見えてるかわからないが、お前が思うよりあいつはずっとリアリストで、狡猾《こうかつ》だ。それこそ、自分の目的のためだったらなんでもするくらい。信じすぎない方がいい」

どういう、意味なのだろう。

頷くことも否定することもしない奏人が、考え込んでしまったことがわかったのだろう。

「……これは俺の勝手な推測なんだが、お前はどうでもいい人間になら何を言われても気にしないんだろうが、自分が信頼していたり、心を開いている人間と何かあった時には、より傷つくんだと思う。その、偉い先生ってのもある程度思い入れがあった相手なんじゃないか？」

志音の鋭い言葉に、奏人は驚く。言われてみれば、本当にその通りだと思ったからだ。

「さっき お前、自分との戦いだって言ってただろ？　己に勝つためにも、自己分析は重要だぞ」

奏人の心境がわかったのだろう、冷静に諭され、少しばかり気まずい。

「そうする……あんまり、そういうこと考えたことがなかったし」

「あと」

「え？」

「俺は何があってもお前を裏切らねぇから。俺のことは、信頼してくれていい……」

ようやく弾く気になったのか、ヴァイオリンの複雑な楽譜をめくりながら、志音がボソリと言った。

「うん、ありがとう」

志音の言葉に、嘘はない。まだ出会って一ヶ月ほどしか経っていないが、志音のことは自然と信じることができた。

ヴァイオリンに集中し始めた志音を確認すると、奏人は今度こそ鍵盤に向き直った。

校内コンクールの日は、瞬く間にやってきた。

その間に体育祭や中間考査もあったが、それ以外の時間はほとんどピアノを弾いていたといっても過言ではない。

ただ、体育祭に関してはなるべく手を使わないような競技を、というのがレオンハルトからのお達しだった。そのせいか、生徒の数が多いピアノ科とヴァイオリン科の生徒の間で行われる伝統の騎馬戦にも、参加できなくなってしまった。

『騎馬戦と指ってそんなに関係あるか？　あのムッツリ、どうせお前を騎馬役の生徒に乗せたくないだけだろ』

人数を合わせる関係もあり、奏人は出場しなくてもよくなったのだが、参加しない理由を志音に話せば、顔を引きつらせてそう言った。ちなみに、騎馬戦の最後は志音と翔の一騎討ちとなり、異様な盛り上がりを見せていた。そして、両者一歩も引かず、時間切れギリギリのところで互いの馬の方が崩れて引き分けになるという、なんとも言えない結末を迎えた。

志音の言うように、騎馬戦と指はそこまで関係がないかもしれない。けれどそれでも、レオンハルトは、奏人の指をとても大切にしてくれている。それは、週末一緒に過ごしている時に何度も感じた。料理は奏人の好きにさせてくれるし、称賛の言葉も添えて食べてくれるのだが、ちょっとした手を使うこと。例えば、パンをトースターに入れたり、取ったりという作業はレオンハルトがやってくれるのだ。

勿論、それは奏人がピアノ科の生徒であるから気を遣ってくれているのであるが、奏人はとても嬉しかった。レオンハルトがピアニストとして奏人を扱ってくれるため、自然と奏人の意識も変わってくる。

　自分が選ばれるなんて自信は、まだない。だけどそれでも、今自分ができる精一杯のピアノを演奏しよう。

「緊張しているな」

　舞台袖。入学式で使われた講堂を使って、校内コンクールは行われることになった。選ばれたのは、三学年で十人。一年は、奏人と翔の二人だけだった。

　レオンハルトのひそめた声に応えるように、奏人は頷く。

　国際コンクールの場合は、いくら教師と言えど舞台袖までは来られないそうなのだが、校内コンクールだからその辺は融通がきくようだ。

「……少しだけ」

　弾く順番は、あらかじめ教師の間で決めたそうで、奏人は最後から三番目という順番だった。

　レオンハルトは小さく笑い、その大きな手を奏人の手にかぶせるように包み込んだ。

「確かに、少し冷たくなってるな」

　対するレオンハルトは体温が高いからか、温かい。

　それが伝わるように、少しかじかんでいた指の体温が上がっていく。

「ここまで来たら、難しいことを考える必要はない。いつも通り、お前のピアノを聴かせてくれ」

前の生徒への拍手の音が、聞こえてくる。奏人の名前も、すぐに呼ばれるはずだ。

その時、レオンハルトが背を屈《かが》め、奏人の額へと自身のそれをコツンとつけた。

「今この舞台は、お前のために用意された場所だ。大丈夫、皆がお前のピアノに恋をする」

レオンハルトの低く、優しい声が耳へと入ってくる。不思議と、気持ちが凪いでゆく。

「はい……！」

強く頷き、奏人は舞台へ向かって足を進めた。


コンクールへの出場経験はないし、発表会だって数年ぶりだ。ここまでたくさんの人に自分のピアノを聴いてもらう経験なんて、今までなかった。

でもだからこそ。

……皆に、僕のピアノを聴いてもらいたい。

何度か練習したお辞儀をし、ピアノへと向かう。

「初めまして、よろしくお願いします」

客席には届かぬよう、囁《ささや》くように、ピアノへ声をかける。ＫＡＷＡＨＡ製の、きれいに光るグランドピアノ。

両の手を、最初の位置へと置く。『革命』は最初が何より印象的で、大事な曲だ。

ショパンは多くの練習曲を作曲したが、『革命』はその中でも有名な曲の一つだ。曲自体は短いが、印象的な旋律はその間ずっと繰り返される。情緒的で詩的な曲調のイメージのショパンだが、中には激しく、ダイナミックなものも多い。

長い間、大国ロシアの支配を受けてきたポーランドに生まれたショパンは、この曲に祖国ポーランドのロシアへの革命を表したとも、その蜂起の中で友人たちが亡くなったことへの怒りを込めたとも言われている。

現代の、平和な日本に生まれた奏人が、抑圧されてきたショパンの気持ちに寄り添うことなど容易にはできない。けれど。

気弱で、自信が持てない僕だからこそ、今できる精一杯の演奏を。僕自身が、変われるように。

小さく息を吸い、奏人は思い切り指に力を入れた。


お昼時。生徒たちでごった返す食堂。今日は慶介と志音と食べる約束をしていたため、窓際のボックス席に三人で座っていた。

「綾瀬君、ここにいたんだ。次の授業、グループ学習みたいなんだけど一緒にどう？　俺たちのグループ、一人足りなくて」

すでに半分食べ終わる頃、奏人のことを探していたらしいクラスメイトが声をかけてきた。

「あ、ごめん。もう、中川《なかがわ》君たちのグループに誘われてて……」

「いつの間に⁉　じゃあ、明後日の授業は？」

「そこは、まだ誰からも誘われてないよ」

「わかった、明後日の授業ではよろしくな！」

人のいい笑みを浮かべながら、奏人の席から離れていく生徒を苦笑いで見送り、こっそりとため息をつく。黙って二人のやりとりを見ていた慶介が、うんざりしたように呟いた。

「あいつら、都合よすぎじゃない？　ついこないだまで、奏人君のことずっと無視してたのに」

「あそこまでわかりやすいといっそ清々しいな」

二週間前に行われた校内コンクール、代表として選ばれたのは奏人だった。そして、その後から周りのピアノ専科の生徒たちの態度は、ガラリと変わった。

慶介の言葉に、奏人の前に座っていた志音は鼻で笑った。

「確かに奏人君のピアノはすごかったけどさぁ、それで態度変えるっておかしくない？」

「よくあることだ。あいつらにとっては自分より上手いか下手かが判断基準なんだよ」

「それって友だちって言える？」

「……この学校では、友だちごっこをしたい奴の方が少数派だろうな」

最初の頃は、志音に対して遠慮がちだった慶介も、今は慣れたのか普通に話をしている。

元々二人ともクラスメイトで顔見知りではあったのだが、志音は他の生徒とどこか距離があったこともあり、話す機会はそれほどなかったようだ。

それでも、奏人を交えて何度か談話室で話したり、食事をしたことで、今では奏人の目から見てもとても打ち解けていた。

「じゃあ志音君はもし奏人君が大した弾き手じゃなかったら、今みたく仲よくしないの？」

ラーメンを口にしていた志音が顔を上げ、奏人の顔をじっと見つめる。

「……いや。多分、教えてやった。ピアノの弾き方を」

「え？」

ぼそりと答えた志音の言葉に、奏人は目を瞬かせる。

「あはは、だよね～。僕だって、奏人君のピアノが残念な感じでも今と変わらないかな～。ってより、あんなに上手いなんて知らなかった……」

そういえば、慶介の前でピアノを弾いたのは今回が初めてだったことを思い出す。

「ね、今度伴奏してよ。奏人君に伴奏してもらえたら、すごく上手く弾けそう」

「うん、勿論いいよ」

奏人は何度か慶介のヴァイオリンを聴いたことがあるが、その人柄のように楽しく、伸びやかな弾き方で、聴いていてとても心地よかった。

「やめとけ、自信をなくすだけだぞ」

「何それ、志音君は何度も伴奏してもらってるのに！　ずるくない？」

「俺はいいんだよ。奏人の伴奏にも見劣りしないから」

「うわぁ、出た出た、志音様の天然嫌味！」

慶介は顔を顰めてはいるものの、志音の実力は評価しているからか、立腹はしていない。志音の方も、慶介を見下すつもりはなく、ただ客観的な事実を言っているだけなのだろう。

勿論、中には反発する生徒もいるだろうが、志音の圧倒的な実力にひれ伏してしまう人間の方が遥《はる》かに多い。

「僕だって頑張って練習するよ！　奏人君のコンサートのオケのメンバーに選ばれたいし！」

「コンサートのオケって、他の科の生徒が担当してくれるの？」

まだ詳しい話は聞いていないが、秋のコンサートはピアノ曲ではなく、いくつかのピアノ協奏曲が課題曲になっていた。

「聞いてない？　他の器楽科の生徒はみんな知ってるよ。ちなみに、コンマスは志音君だから、なんでも言って！」

「そ、そうなんだ？」

　オーケストラとの共演など初めての経験で、緊張していた気持ちが少し楽になる。

「まだ他のメンバーは選考段階なのに、志音君だけは真っ先に選ばれたんだ」

「すごいね」

　素直に称賛の言葉を述べれば、黙って湯飲みに口をつけていた志音がちらりと視線を向けた。

「あれ～？　志音君照れてる？」

「うるさい」

　楽しそうに言った慶介を、ばっさりと志音が切り捨てる。

「ライバルは強力なんだからさ、こういう時に、俺も奏人のために最高のヴァイオリンを弾くよ、くらい言えばいいのに」

「……さっき貸した楽典のノート、今すぐ返せ」

「待ってごめん、まだ写し終わってない……」

　そういえば、慶介は楽典がどうも苦手で、楽譜を読むのに未だ時間がかかると言っていた。

　二人のやりとりに、自然と笑みが零れた。

授業が終わると、いつも通りレッスン室のある隣の校舎へ向かう。

レオンハルトは大学の方で何か仕事があるらしく、三十分ほど遅れると連絡が来ていた。勿論その間は、一人で練習する予定だ。

校内コンクールで奏人が選ばれたのを、一番喜んでくれたのはレオンハルトだった。週末にはわざわざお祝いと称して、見るからに高級そうなレストランのディナーをご馳走してもらった。日頃が冷静なだけに、感情を昂らせたレオンハルトの言葉はとても情熱的で、聞いているだけで奏人は恥ずかしいながらもとても幸せな気持ちになった。

クラスメイトの態度が変わったことには戸惑っているものの、単純に奏人のピアノを認めてもらったことは嬉しかった。ただ、皆が皆そうというわけではない。翔と、翔のファンである一馬との関係は、以前よりも悪くなってしまった。

正直僕も、翔ちゃんが選ばれると思ってたからなあ……。

課題曲が『革命』だと聞いた時、奏人は翔にとても有利だと思った。激しく、躍動的な曲を得意とする翔ならば、見事に弾きこなすと思ったからだ。実際、後でレオンハルトに聞いたのだが、教師の間でも最終的に奏人と翔のどちらを選ぶかで意見が割れたのだという。

でも、あの日の翔ちゃんのピアノ、やっぱり翔ちゃんらしくなかったな。

そんなことを思いながらレッスン室の階に行けば、微かにピアノの音が聞こえてきた。

ピアノの魔術師と呼ばれたリストの練習曲の一つ、作品4番ニ短調『マゼッパ』。音の正確さ、強弱、難解な曲を弾くそのテクニック。弾いているのが翔だということはすぐにわかった。

けれど、何か諭すような穏やかな声により、演奏は止まった。

次に聞こえてきたのは、強い声色。速い英語であるため内容は正確には聞き取れないが、何かしらの注意を受けているのはわかる。

さらに、それに対して言い返すような強い英語が聞こえてくる。幼い頃からネイティブの家庭教師に教えてもらってきた翔の発音は、完璧だ。

二人は激しく言い合い、その口論に奏人は思わず足がすくむ。

そして、しばらくすると部屋のドアが勢いよく開かれた。

「あ……」

出てきたのは翔の個人レッスンの担当である、アナスタシア・メジェーエワだった。十年以上前、ロシアの美人ピアニストとして一世を風靡《ふうび》したが、不慮の事故で手を故障してからは一線を退き、今は後進育成に力を入れている。レオンハルトがこの学校に来るまでは、それこそ桜ノ森学園の顔とまで言われていた名教授だ。

アナスタシアは奏人に気がつくと、小さく微笑んだ。

「これからレッスン？」

「は、はい」

「そう、頑張って。貴方のピアノ、とても素敵だったから、また聴くのが楽しみだわ」

「ありがとうございます」

頭を下げると、そのままアナスタシアは階段の方へ足を進めた。

「あ、あの」

奏人が声をかけると、アナスタシアが振り返った。

「どうしてアナスタシア先生は、翔ちゃ……浅宮君ではなく、僕を選んでくれたんですか」

校内コンクールで教師たちの意見が割れ、結果として奏人が選ばれる決定打となったのは、翔の推薦者であるアナスタシアが奏人を選んだからだと聞いていた。

「別に、翔のピアノを評価してないわけじゃないの。ただ……この前の演奏は正直よくなかった。最近、荒れてるのもあって、あの子の持ち味がまったく出せていないの。よかったら、貴方からも何かアドバイスをしてあげて。他人に一切興味を持たない翔が、貴方にだけは感心があるみたいだし」

「え……？」

「今の翔に何が足りないか……貴方になら、わかるでしょ？」

そう言って悪戯っぽく笑うと、アナスタシアは軽やかにその場を去っていってしまった。

アドバイス……そんなこと、僕がしても翔ちゃんのプライドを傷つけるだけだからなあ。常に一番だった翔が選ばれずに、奏人が選ばれたのだ。それだけでも、翔は気に入らないはずだ。

ただ、それでも先ほど聞いた翔のピアノの音色と、アナスタシアの言葉は気になった。まだレオンハルトが来るまでは時間もある。だから、奏人はノックをし、勇気を振り絞ってレッスン室の扉を開けた。

翔は無表情で、鍵盤蓋を閉じ、楽譜の片づけをしていた。

明らかに機嫌が悪いことはわかり、かける言葉が見つからない。奏人とちょうど視線が合い、僅かに苛立ったような表情を見せたが、そのまま部屋を出ようとする。

「ま、待って」

奏人が声をかけても、なんの返答もなかった。けれど、足は止めてくれた。

「僕にこんなことを言われても、翔ちゃんは不愉快に思うかもしれないし、僕自身も君にこんなことが言える立場だとは思ってない。だけど、言わせて」

なるべく翔を刺激しないよう、言葉を選びながら奏人は口を開く。

「その……最近の翔ちゃんのピアノ、やっぱり翔ちゃんらしくないと思う。翔ちゃんのピアノは、強弱も、音のタイミングも、何もかもが完璧だし、迫力もあるけど、音色はとても優しいんだ。レコードの音源みたいに正確なだけじゃなくて、温かみがある。だけど、最近の翔ちゃんは、ピアノにすら怒りをぶつけているように思う。圧倒されるし、テクニックはすごいんだけど……僕は、前の翔ちゃんのピアノの方が好きだ」

翔は、黙って奏人の話を聞いていた。その表情は静かで、とりあえず怒鳴られなかったことに少しホッとする。

「言いたいことはそれだけ、じゃあ」

「待て」

そのまま部屋を出ようとすれば、翔によってそれを制される。

「随分、言いたい放題に言ってくれたな。お前の言う通りだよ。弾き方が粗い、情緒が感じられない……さっきも散々、言われたからな」

おそらく、アナスタシアにも同じような指摘を受けたのだろう。ロシア人らしい、ロマンチックな音を好むアナスタシアには、確かに最近の翔の演奏に思うところはあったはずだ。

「ご、ごめん……」

思い出した。翔は怒鳴っている時には、実際はそう怒っていない。本当に怒っている時の翔は、とにかく静かなのだ。やはり、余計なことを言ってしまったようだ。奏人はそのまま部屋を出ようとするが、寸でのところで翔に腕を摑まれた。

「上から目線でご高説を垂れて満足か?」

「そんなつもりじゃ……」

「そうか? お前はずっと俺に敵わなかったんだ。嬉しくてたまらないんだろ? 俺の代わりに選ばれて」

奏人は翔と同じコンクールに出場したことは一度もない。けれど、ピアノ教室の先生も他の生徒たちも、皆翔の方が奏人より上手いと言っていた。そして、奏人自身も。

「そんなつもりじゃないって言ってるだろ!? なんでそうやって、いつも斜に構えて言葉を受け取るんだよ!」

「ああ!?」

「嬉しかったよ、当たり前じゃないか。僕は翔ちゃんみたいに先生からたくさん褒められたことはないし、いつも怒られてばかりだった。翔ちゃんみたいに弾けないのって、何度言われたかわからない。そんな僕の気持ちなんて、才能がある翔ちゃんにはわからないかもしれないけど!」

基本的に、奏人は声を荒らげることが滅多にない。気性が穏やかなこともあるが、怒りを覚えること自体それほどないからだ。

「才能……? 俺が……?」

翔自身、奏人の様子に驚いているようだったが、言葉の意味を理解すると、その表情が一変した。

「奏、お前……ふざけるな！」

翔のもう片方の腕が、奏人の方へと伸びてくる。殴られる、と咄嗟に目を閉じたが、痛みはやってこなかった。けれど。

「え……？」

どさりという、自分の身体が何かに打ちつけられるような振動を感じる。レッスン室に備えつけのソファに翔によって倒されたという状況を理解するのに、時間はかからなかった。

「確かに俺はガキの頃から常に一番だった。神童だなんだって言われてきたんだ、当然だ。けどなあ、だからこそわかるんだよ！　本当に才能がある奴と、そうじゃない奴の差がな！」

「しょ、翔ちゃん……？」

手足の自由を奪われ、奏人は呆然と翔を見上げる。才能、おそらく翔が反応したのはその言葉だろう。

なんとか、怒りを静めなければ。理由はわからないが、奏人は翔が怖いと思った。子供の頃から変わらない、整ったその相貌が、まるで知らない人間に見えたからだ。

「さ、才能があるからって、翔ちゃんが努力してないなんて言うつもりはないよ。むしろ、翔ちゃんがずっと努力してきたのは誰より……」

ピアノをやめた後、翔の家の前を通るたびに、ピアノの音が聞こえてきた。天才肌だなんて言われるが、誰より努力家であることを知っている。

「そういうことを言ってるんじゃねえんだよ！」

「ひっ……」

鋭い目つきで睨まれ、身体がすくむ。反射的に瞳を閉じれば、柔らかな感触を唇に感じた。

え……？

キスをされている、そう思った時には、口腔内に翔の舌がゆっくりと挿《はい》ってきていた。

「や……！」

首を振り、身体を動かそうと抵抗をするが、体格も力も劣っている奏人に、この状況は不利だ。さらに、翔の手がカッターシャツの襟首へと伸び、ボタンを外そうとする。

「嫌だ！　翔ちゃん！」

「だったらもっと抵抗しろよ」

「できないよ！　翔ちゃんが指、怪我でもしたらどうするんだよ！」

奏人の言葉に、翔の動きがピタリと止まった。けれど、それはほんの一瞬のことで、すぐにその眉が目に見えて上がる。

「……！　いい加減に！」

「いい加減にするのは、お前の方なんじゃないか？」

室内に、冷静な、けれど明らかに怒りを帯びた声が響く。

ハッとしてドアの方を見れば、冷たい表情のレオンハルトがそこには立っていた。そういえば、部屋を出ようとして微かにだがドアを開けていたことを思い出す。

「一応訊いておくが、同意ではないな？」

「……はい」

素直に答える奏人に対し、翔は何も言わなかった。そしてすぐに立ち上がると、ピアノの上に置いていた楽譜を手に持ち、部屋を出ていく。

「おい、まだ話は」

「いいんです」

レオンハルトは翔を止めようとしたが、奏人はそれを留めた。

起き上がり、ソファに座ったままレオンハルトを見上げる。

「だが……」

「僕は、大丈夫ですから……」

言いながらも、微かに声は震えてしまった。先ほどまでは興奮状態にあったため、実感が湧かなかったが、冷静になるにつれ驚きと、そして何より悲しみが込み上げてくる。

「大丈夫なわけないだろう」

奏人の表情から、心情を察したのだろう。レオンハルトはそれだけ言うと、大きな腕で奏人を優しく抱きしめた。

その腕が温かくて、瞳に溜まった涙が零れることはなかった。

6

今日は練習ができる精神状態ではないだろうと判断された奏人は、敷地内にある、レオンハルトが使用している教員用の宿舎に案内された。

コーヒーを切らしているというレオンハルトが淹れてくれたのは、ティーバッグの紅茶だった。淹れ方に拘りがあるのか、紅茶の味が特にわからない奏人でも、美味《おい》しく感じた。

「学校側に、相談するべきだと思う」

顔を上げれば、一人がけ用のスツールに座ったレオンハルトが、厳しい表情をしていた。

先ほどの件について言っているのだということはすぐにわかり、奏人はゆっくりと首を振った。

「大事にするつもりはありません」

「暴力を振るわれそうになったんだぞ？　もし、俺が気づかなかったら……」

レオンハルトの眉間の皺はくっきりと刻まれており、怒りを感じていることがわかる。

「それは、ありがとうございました。ただ、最初はわからないけど、多分翔ちゃんも途中で気が逸れたというか、本気じゃなくなっていたんだと思います」

抵抗をしろと言った翔に奏人が言い返すと、明らかに翔の力は弱まっていた。

「翔ちゃんも、振り上げた拳をどう収めればいいのかわからなかったんです。だから、レオンハルトが来てくれてよかった。普段の彼は、絶対ああいうことはしないんです」

子供の頃から、何度も怒鳴られたことはあるが、手を上げられたことは一度もなかった。

「それだけ、冷静じゃなかったんだと思います。ただ、嫌われているとは思ったけど、あそこまで嫌われているとは思わなくて」

ぽつり、ぽつりと奏人は翔との関係をレオンハルトに話していく。

家が近所で、ピアノを始めたのは少しだけ奏人が先だったが、同じピアノ教室に通っていたこと。子供の頃はそれこそ、毎日のように一緒に遊んでいたこと。奏人がピアノをやめたことで仲違いをしてしまったが、また以前のように仲よくなれたらと、そんな微かな希望を持っていたこと。

ただ、翔にはそんなつもりはまったくなかったのだろう。甘い考えだとはわかっていたが、やはり心はチクチクと痛んだ。

「いや……嫌われてはいないだろ。むしろ、彼が抱えているのは真逆の感情だ」

「え？」

「入試の時に俺も浅宮の演奏は聴いていたんだが、課題曲は試験やコンクールに相応《ふさわ》しい完璧な、まあ悪く言えばあまり面白みのない演奏だった。ただ自由曲からは、何かに恋い焦がれるような、追い求めるような、そんな強い想いを感じた。アナスタシアが気に入ったのも、その部分だったんだろう。だが……校内コンクールの時に思ったが、今はそれが悪い方向に出ているようだ」

「確かに、入学してからの翔ちゃんは、ずっと怒ってるみたいでした。多分、僕に苛立っていたんだと思います。しかも、結果的にコンクールでも僕が選ばれてしまったので……」

「まあ、同世代にお前がいたら、脅威を感じるのも仕方がないだろうな。彼は多分、ずっとお前のことを恐れていたんだろうし」

「翔ちゃんが……僕を？」

翔が自分のピアノを恐れていた、そんな風に感じたことは一度もなかった。ただ、先ほど見た翔の怒り。それを考えれば、レオンハルトの推測もあながち間違ってはいないような気もする。

「まあ彼の心理面に関してはこの際どうでもいい。とにかく、お前が無事でよかった。あと少し遅かったら、確実に俺の方が手を上げていた」

暴力沙汰で退職になるところだったとため息をつくレオンハルトに、奏人は小さく笑う。

「そもそも、相手の指を傷つけたくないとか、そんな理由で抵抗しないだなんて」

馬鹿げてるとか信じられないという、奏人にはドイツ語がわからなかったが、おそらくレオンハルトはそういったニュアンスの言葉を吐き捨てた。

「た、確かにそれは……よくなかったかなと思います」

おそらくあの言葉で翔は冷静になったのだろうが、きちんと抵抗をしなければいけなかったと、今になってみれば思う。

「まったくだ。もし俺がお前に何かしようとしても、抵抗できないんじゃないのか？」

「あ……」

言われたように、もしレオンハルトに同じことをされたとしても、抵抗する自分が想像できなかった。

「奏人、お前は……！」

ため息をつき、首を振ったレオンハルトがさらに言葉を続けようとしたのを、慌てて遮る。

「レオンハルトは、そんなことはしません！　そ、それにもし、貴方が相手だったら、最初から抵抗しないと思います。……でもそれは、貴方の手が大事だということもありますが、何より、僕が嫌じゃないからです！」

自身の行動を弁明するあまり、出た言葉だった。けれど、いざ口にした奏人はハッとして口をふさぐ。これでは、自分の気持ちがレオンハルトにあると言っているようなものだ。

「あ、あの……！　あくまで、仮定の話ですから！　レオンハルトが相手だったら嫌じゃないっていうだけで、別にレオンハルトとそういう関係になりたいとかそんな厚かましいことを考えているわけではなくて！」

奏人の言葉は、途中で遮られた。

レオンハルトが、その広い胸に抱き寄せてくれたからだ。

「少し、落ち着け。今のお前は、ひどく混乱しているように思う」

耳もとで優しく、穏やかな声色でレオンハルトが囁く。

「俺も、少し……いや、だいぶ混乱しているんだ。お前の言葉を、自分に都合よく解釈してしまいそうになっている」

一体、どういう意味なのだろう。

レオンハルトが両の手を奏人の両肩に置き、その顔を覗き込むように見つめる。

「前にも言っただろう？　お前が、ピアニストとしての俺を慕い、尊敬してくれていることはわかっている。ただ、憧れを恋心と混同してほしくない」

レオンハルトの言葉に、今度は奏人がその瞳を大きくする。

「混同してなんていません。確かにピアニストとしてのレオンハルトは、僕にとっては神様みたいなものです。だけど、僕は人としての貴方のことが好きなんです。少し不器用で、口下手だけど、優しい貴方が好きなんです」

憧れと恋は似て非なるものだということが、奏人にはもうわかっていた。

「貴方にとっては、僕はまだ子供かもしれませんが……それはわかってください」

言いながら、頬が熱くなっていく。レオンハルトが、ゆっくりと首を振った。

「……子供には、そんなに熱烈な告白はできない。前から思っていたが、奏人の方が、よっぽど俺より口が上手いな」

「え？」

奏人が言葉を発する前に、レオンハルトによって唇がふさがれた。

ただ触れるだけの、優しくて甘いキス。けれど、そのキスは寮に戻らない奏人を心配する志音からの着信が入るまで続いた。

日々の生活は、瞬く間に過ぎていく。

音楽科といっても普通科高校で行われる一般科目の単位は取得しなければならず、七月に入れば、勿論期末テストもある。実技だけではなく学科もあるため、寮の談話室では毎日のように勉強会が開かれた。ほとんどの課目は完璧な志音も帰国子女らしく現国が苦手なようで、比較的成績のいい奏人はつきっ切りで教えることになった。ピアノを弾くのも楽しいが、こういった当たり前の高校生活は奏人にとってとても新鮮で、楽しかった。

翔とはあの後結局一度も話していない。ただ、寮のピアノ室に関しては奏人が希望すれば使用できるようになっていた。もしかしたら、翔が一馬に何か言ったのかもしれない。

翔のピアノも落ち着いたようで、廊下ですれ違ったアナスタシアの機嫌もとてもよかった。奏人の方も、平日はピアノ室と、変わらず志音が確保してくれている練習室、土日はレオンハルトの自宅に通いながらひたすらピアノ漬けの日々だ。練習量の多さを慶介に驚かれたが、志音も練習時間は奏人とそう変わらないようだった。

「二人とも、似た者同士だったんだね……まあ、よく見れば見た目もちょっと似てるし」

「……似てるか？」

「そんな！　似てないよ！　僕、志音君みたいにきれいな顔してないし！」

奏人が慌てて否定すれば、慶介からは微妙な顔をされ、「いや、奏人はきれいな顔してるだろ」と真顔で志音からは言われるという、なんとも気まずい思いをした。

「クリスマスのオペラ発表会、二人とも演奏の方じゃなくて舞台に出たら？　奏人君の声高いし、アリアも唄えそう」

「……いや、さすがに無理だよ」

話題は逸れてくれてホッとしたものの、内心こっそりため息をついた。

十一月のコンサートまであと三ヶ月。季節は夏真っ盛りで、毎日うだるような暑さが続いていた。そしてそんな八月の二週目、奏人はレオンハルトの運転する車に乗り、中央道を走っていた。

「寒くないか？」

都内を出た時にはまだ陽は高くなかったが、午後になって気温が上がったこともあり、車内の温度は下がっていた。あらかじめ、何か羽織るものを持ってくるように言われたのは、そういった理由からなのだろう。

「大丈夫です」

「日本の夏は暑いとは聞いていたが、少し甘く見ていた。……湿気もひどい」

ドイツで生まれ育ったレオンハルトにとって、日本の夏の暑さは想像以上のようだ。

「長野《ながの》に着けば、もう少しマシになると思いますよ。避暑地でも有名なところですし」

「世界的にも夏は音楽イベントが各地で開かれるんだが、朝比奈が松本《まつもと》を選んだのはそういった理由もあるんだろうな」

感心したようなレオンハルトの言葉に、相槌を打つのが一瞬遅れてしまった。

今回、二人が長野に向かったのは、松本市で開かれる音楽フェスティバルに行くためだった。秋のコンサートでピアノ協奏曲を弾くことが決まったものの、実際のオーケストラの演奏を聴いたことがないという奏人をレオンハルトが誘ってくれたのだ。十年ほど前に朝比奈が始めた催しで、この時期は市内のあちこちで音楽コンサートが開かれる。奏人も名前くらいは聞いたことがあったが、日本以上に世界では有名なようだ。

滞在は三日を予定しており、コンサートは初日に聴きに行き、後の二日は観光でもしようとレオンハルトは言ってくれた。交通費から滞在費まですべて出してもらうのはさすがに申し訳なかったのだが、校内コンクールで選ばれた祝いだということだった。

音楽フェスティバルも楽しみだったが、奏人としてはレオンハルトと一緒に旅行できることが何より嬉しかった。


さすがというべきか、鳴りやまない拍手によるアンコールのため、コンサートの時間は大幅に長引いた。

予定では九時に終わるはずだったのだが、会場を出る時にはすでに十時近くになっており、ホテルに着いたのは結局夜の十一時近くになってからだった。

ピアニストもオーケストラも国際的にも名の通った演奏家が集まっているはずなのに、今日の主役は朝比奈だった。才能を否定されてからは、自然と朝比奈の指揮する演奏は避けていたが、やはり、朝比奈の指揮はすごい。

それに、以前よりも朝比奈への苦手意識もなくなっていた。それはやはり、自分のピアノを認めてくれた、レオンハルトや志音のお蔭だろう。

ある程度予想はしていたが、レオンハルトが予約したのはハイエンドなリゾートホテルだった。

「大丈夫か？」

天井にあるシャンデリアを見つめていると、フロントから戻ってきたレオンハルトに声をかけられる。

「今日は朝が早かったからな、部屋に帰って休もう」

そう言うと、レオンハルトが奏人の荷物を持ってくれる。

奏人はこくりと頷くと、立ち上がってレオンハルトの後ろについていった。

「ピアノがある……」

部屋のドアを開けたとたん、目に入ってきたリビングルームに置かれたグランドピアノに、奏人は唖然として呟いた。

「三日も滞在するんだ。その間だって、練習が必要だろ？」

レオンハルトの言葉を聞きながら、吸い寄せられるようにピアノへ足が向かう。コンサートで弾くものより一回りほどサイズは小さかったが、一般的な黒いタイプではなく、焦げ茶色の木目のお洒落な外観をしていた。

このピアノは、どんな音を出すんだろう。見ているだけでウズウズして、あらゆる角度から眺めてしまう。

「部屋は防音になってるから、弾いてもいいぞ」

「いいんですか⁉」

時間帯を考えると、絶対に弾けないと思っていたため、反射的に答える。

「そんな顔でピアノの前にいるお前に、弾くなとは言えないだろう」

笑ってそう言われてしまうと、なんだかとても恥ずかしい。そんなに、もの欲しそうな顔をしていただろうか。

「練習熱心な弟子を持てて、俺は幸せだ」

そう言うと、汗を流してくると言ってレオンハルトは浴室に向かってしまった。

レオンハルトのお許しが出たこともあり、奏人はわくわくしながら鍵盤蓋を開けた。


「……ラフマニノフか」

よほど、夢中になって弾いていたのだろう。聞こえてきた声にハッとして振り返れば、バスローブ姿のレオンハルトが腕組みをして立っていた。すでに風呂に入り終えたようで、金色の髪はホテルの照明の下でも美しい光沢を放っており、濡れた髪はどことなく色気があり、ドキリとする。

「やはり手が届かなくて、アルペジオで弾くしかないんですが」

ラフマニノフのピアノ協奏曲、第2番第1楽章 ハ短調作品18。ピアノ協奏曲の中でも有名で、初めて聴いた日から一度弾いてみたいと夢見ていた曲だ。

秋のコンサートはいくつかのピアノ協奏曲の中から自身が弾きたい曲を選べるのだが、その中の一つにもなっていた。

「悪くはないが……お前が弾くと、少し重厚さが足りないな」

そして、奏人はこの曲を希望したのだが、レオンハルトはショパンのピアノ協奏曲第1番 ホ短調作品11を勧めた。

ピアノが先導するラフマニノフに比べて、ショパンの場合はオーケストラが先導してくれるため、合わせやすいこと。さらに、二年後のショパン国際ピアノコンクールを見据えているらしいレオンハルトとしては、なるべくならショパン弾きのイメージを奏人につけてほしいようだった。

「そんな顔をするな、繊細で情感のある音はお前の持ち味なんだし、将来的には弾きこなせるようになる」

「子供の僕には、この曲は弾きこなせないということですか？」

ラフマニノフは大人の曲だから、奏人には難しい。レオンハルトの言葉は、そんな風に聞こえた。

「そういう意味では……」

ない、レオンハルトはそう言いたかったのだろうが、最後までその言葉を聞く気にはなれなかった。

「お風呂、行ってきます」

遮るようにそう言うと、鍵盤蓋は閉じずに、奏人は浴室に向かった。こういった態度も、やはり子供じみているのだろうか、と少しばかり奏人は自分の振る舞いを後悔した。

浴室は随分広く、浴槽には湯が張ってあった。入った形跡はないから、おそらくレオンハルトがシャワーを浴びる間に湯を入れてくれたのだろう。

出たら、ちゃんとお礼を言わないと……。

これまで、奏人がレオンハルトの言葉に異を唱えたことは一度もなかった。レオンハルトの説明は丁寧だし、少しでも奏人の表情が曇れば話をよく聞いてくれるため、疑問を抱くこともなかったからだ。

今回の選曲だって、レオンハルトが正しいことはわかっている。

おそらく、雲嵐はショパンを選ぶだろう。だから、奏人が同じ曲を弾くことに及び腰になってしまっているのだとレオンハルトは思っているようだが、そうではなかった。

奏人自身が、ラフマニノフに挑戦してみたいのだ。

ラフマニノフのピアノ協奏曲の中で最も人気があり、技術的には高いレベルを要求されることは勿論、表現するのもとても難しい。

実際、名演と言われる演奏をしているピアニストたちも皆ある程度の年齢は重ねていたような気もする。やはり、自分にはまだ弾きこなせないのだろうか。

……考えても仕方がない。とにかく、のぼせる前に出よう。

そう思った奏人はようやく浴室を出ることにした。

Tシャツにハーフパンツという出で立ちは、一般的な高校生の寝まき姿ではあるのだが、鏡に映すとやはり幼く見えた。

浴室のドアを開けたところで、聞こえてきた音に奏人の瞳が大きくなる。

髪も乾かさずに飛び出してしまったのは、それがレオンハルトの弾くピアノの音だとすぐにわかったからだ。ここがコンサートホールであったら、満員のスタンディングオベーションが送られるだろう。

レオンハルトのピアノは、コンサートに来た観客を別の世界に連れていってくれる。それこそ、その音を聴くすべての人の心を魅了する、そんな演奏なのだ。

そう思いながら、弾き終わったレオンハルトに夢中で拍手を送る。

すでに奏人が浴室から出てきたことは知っていたようだが、レオンハルトは少し照れたような表情をしていた。

「髪を乾かさなかったのか？」

「ドライヤーを使ったら、ピアノの音が聞こえなくなっちゃうじゃないですか」

レオンハルトが手を伸ばし、奏人が肩にかけていたタオルで髪を拭いてくれる。

「艶のあるきれいな髪をしてるんだ、乾かさないで寝たら痛む」

優しい手つきで、そんな風に言われてしまい、ほんのり頬が熱くなる。

レオンハルトは、奏人の内面やピアノを褒めることは多々あるが、外見に関して触れることはあまりない。褒められるような外見をしているとも思わないが、だからこそ、時折こういった言葉をかけられると、ひどく恥ずかしく感じてしまう。

「『月光』が、ベートーヴェンから誰に送られた曲か知っているか?」

「確か、年下の伯爵令嬢でしたよね……?」

ベートーヴェンはその生涯において幾人もの恋人を作っていたが、『月光』はそのうちの一人に送ったものだというのは有名な話だ。

「ジュリエッタ・グイチャルディ。今では有力な説ではないが、ベートーヴェンが不滅の恋人へと宛てた手紙は、当初は彼女のためのものだと思われていた。二人の年齢差は、いくつあったと思う?」

「ジュリエッタは、かなり年下だったと聞いたことはあるのですが……」

「二人が恋愛関係にあったのはベートーヴェンが三十、ジュリエッタが十六の時だ。ベートーヴェンはジュリエッタと出会って初めて、結婚を意識したとも言われている」

十四歳の年の差。それは、ちょうどレオンハルトと奏人の年齢の差と一緒だった。

「初めて聞いた時には、さすがに年が離れすぎていると思ったし、生徒であったジュリエッタを恋愛対象にしてしまったベートーヴェンの行動に疑問も持ったんだが、今なら彼の気持ちもわかる。年齢差など些細なもので、おそらくベートーヴェンはジュリエッタが可愛らしく、愛おしくてたまらなかったんだろう」

レオンハルトが美しい笑みを向け、奏人の頬に大きな手を添える。

低くて魅力的な声が、奏人の耳に優しく落ちていく。その言葉の意味するところは、さらに奏人にとって魅力的なものだった。

「……だけど、ベートーヴェンにとっての不滅の恋人は、ジュリエッタではなかったんですよね」

少し拗《す》ねたような口調で奏人が言えば、レオンハルトがその口の端を僅かに上げた。

「ベートーヴェンにとってはな。だが、俺にとっての不滅の恋人は奏人だ」

その言葉に、奏人は目の前にあるレオンハルトの顔を目を大きくして見つめる。

「僕……嬉しくて、心臓が止まってしまいそうです」

レオンハルトはもう一度優しく微笑み、そんな奏人の唇に自身のそれをゆっくりと重ねた。

広い室内には、サイドテーブルの照明だけが灯されている。

レオンハルトの腕に抱きかかえられた奏人は寝台の上に優しく下ろされた。

ベッドの上でレオンハルトのきれいな顔を見上げ、自分はこれからレオンハルトに抱かれるのだと実感する。怖いという気持ちがないわけではないが、それ以上に胸は高鳴っていた。

触れるだけのキスを何度か繰り返し、くすぐったさに目を細めれば、じょじょにキスは深くなっていく。

「はっ……」

どこか冷たく見える青い瞳に対し、レオンハルトの舌は熱く、奏人の口腔内へとゆっくり挿っていく。

互いの唾液が交じり合い、長い舌が歯を優しくなぞる。これまでレオンハルトと交わしたキスとはまったく違うものだ。背筋がぞくりとし、身体の中心が熱くなる。キスが、こんなにも気持ちがいいだなんて知らなかった。

キスを落としながら、レオンハルトは奏人の身体を丁寧に撫でていく。

ピアノを奏でるその長く美しい指が、今自分に触れているのかと思うと、煽情的な気分にもなった。

「ふっ……あっ……」

たくし上げられたTシャツはいつしか脱がされ、すでに上半身には何も身に着けていなかった。半裸になってしまったことに羞恥心を感じたが、それ以上にレオンハルトからの行為に夢中になっていた。

はだけたバスローブの隙間から、レオンハルトのガッシリとした胸もとが目の前に晒されている。

「なんだか、背徳的な気分になるな……」

「先生で……ファーターだから、ですか?」

薄明かりの中、否が応でも比べられる互いの裸体は、確かに随分違いがあった。

元々の体格もあるのだろうが、欧米のエグゼクティブの多くがそうであるように、定期的にジム通いをしているレオンハルトの身体は厚みがあって、逞《たくま》しい。

運動といえば、学校の体育でしか身体を動かす機会のない奏人との差は歴然だ。

「本当のファーターだったら、こんなことはできない」

レオンハルトが奏人の耳もとで甘く囁くと、その腰にさらりと触れた。

無意識に身体を丸めようとすれば、それはレオンハルトの手で阻まれる。

「隠さなくていい」

「貧弱な、男の身体です。女の人みたいに、胸もないし」

どこか、拗ねたような言い方になってしまった。

奏人にとっては勿論初めての行為だが、レオンハルトはこれまでたくさんの女性とこういうことをしてきたはずだ。そう考えると、やはり胸の中はもやもやする。

「俺にとっては、誰よりも魅力的な身体だ」

そう言うと、奏人の手首をベッドに縫い留め、唇を胸もとへと近づけた。

「あっ……」

レオンハルトの舌先で、胸の尖《とが》りが嬲《なぶ》られる。身体に快感が走り、仰《の》け反《ぞ》ってしまう。

「滑らかで、とても美しい肌だ。しかも、とても敏感な……」

「はっ……」

元々高めだがさらに高い声が、口もとから零れていく。

アダルト動画を見たことはほとんどないが、あんな声が出るなんて信じられなかったのに、今の自分は彼女たちと同じような声を出してしまっている。

「あっ……」

執拗《しつよう》に舐《な》められていた乳首が解放された時には、身体中は強い快感に支配されていた。

「奏人の声は、可愛いな」

耳に低くて湿った声が落ちてきて、咄嗟に口へ伸ばした手はしかし、すぐにレオンハルトに阻まれた。

「恥ずかしがることはない、気持ちよくなるための行為だ。むしろ、もっと聞かせてくれ」

レオンハルトの手が、ハーフパンツの上から奏人の下肢に優しく触れる。

すでに存在を主張し始めているのを確かめると、ゆっくりと下着と共に脱がされる。

「反応してるな」

「い、言わないでください……」

下腹部が、空気に触れて落ち着かない。

「俺も一緒だから、恥ずかしがらなくていい」

手首を掴まれ、レオンハルトの下肢に手を触れさせられる。

元々大きめであることがわかるそれは、確かにバスローブの上からでもわかるくらいの硬度になっていた。

レオンハルトが自分の身体に、欲情してくれている。

それは、奏人の気持ちをより高揚させた。

奏人の気持ちがリラックスしたことがわかったのだろう、レオンハルトは両の腕で奏人の太腿を大きく広げると、そのつけ根へと唇を寄せた。

「ひゃっ……あっ……！」

温かい舌に、自身が包まれる。

「やっ……はっ……」

陰茎を触られたのも、舐められたのも初めてだった。自分で触るよりも、ずっと気持ちがいい。

「もっ……あっ……」

奏人を口で可愛がる間にも、レオンハルトの指は奏人の後孔をそっとなぞる。

「や、あ、出ちゃ……」

さすがにレオンハルトの口腔内に吐き出すのは抵抗があったのだが、身体をよじったところでレオンハルトは解放してくれなかった。

「あっ……」

身体がびくびくと震え、精が吐き出される。レオンハルトは、躊躇することなくそれを口内で受け止めた。

「ご、ごめんなさ……」

独特な余韻を感じながらも、申し訳なさそうに奏人が謝れば、レオンハルトは笑って口の中の白いものを指に出し、そのまま奏人の後ろに手を伸ばした。

「ひゃっ……」

長い指が、優しく秘孔の周りに触れていく。

「さすがに、足りないか」

呟いたレオンハルトがサイドテーブルに手を伸ばし、液体のようなものをその指にまといつかせる。そして温めた指を、ぷつりと奏人の孔の中へと入れてきた。

「痛くないか？」

「だ、大丈夫です……」

レオンハルトの長い指が、奏人の中でゆっくり動いていく。

最初は異物感しか覚えなかったが、時間をかけ、ゆっくり解《ほぐ》してくれているのがわかる。

「あっ、やっ……」

そして、最初は違和感しかなかった奏人の中も、時間が経つにつれほころんでいく。

「ひゃっ……」

びくり、と身体が目に見えて反応する。レオンハルトはそれに気づくと、その部分へとまた指を伸ばす。

「はっあっ」

なんだろう、この感覚。

レオンハルトの指に触れられるたびに、身体に痺《しび》れのような甘い疼《うず》きが走る。

先ほど射精したばかりの自身まで、反応してしまっている。

もっと、もっと中をかきまぜてほしい。知らず知らずのうちに奏人の腰は揺れていて、指が抜かれた時には物足りなさすら感じた。

「大丈夫、ちゃんとお前の身体は気持ちよくなっている」

額に軽いキスを落とすと、レオンハルトはバスローブを脱いでいきり立つ剛直を露《あらわ》にした。

逞しい腕は、奏人の頼りない片足を肩にかける。

「ま、待って……」

あまりの気持ちのよさに頭の中は朦朧《もうろう》としていたが、なんとか振り絞るように奏人が言葉を発した。

レオンハルトは、奏人の足を抱え上げながらも、動きを止めてくれた。そして顔を近づけ、奏人の表情を覗き込む。

「……怖いか？」

「ごめんなさい、ちょっとだけ」

レオンハルトと身体を重ねることに、抵抗は感じなかった。レオンハルトが自分に触れてくれるのが、とても嬉しくて、ふわふわと気持ちは浮かれている。精を吐き出した後でも、未だその気持ちは変わらない。だけど同時に、少し怖くなったのだ。

単純に、初めての行為への恐れではなく、まるで自分の身体が作り変えられていくような、そんな気がしたからだ。

「いや、俺の方こそ……少し急ぎすぎたな。今日はやめておくか？」

レオンハルトが奏人の顔の横に腕をつく。切れ長のその瞳は優しく、奏人を責めるような色はまったく感じられなかった。

どんな時でも、レオンハルトは奏人のことを優先してくれる。不安に思う必要なんてない、こんなにも、大切にされているんだ。だからこそ、奏人はレオンハルトの気持ちに応えたいと思った。

「いえ……続けてください」

奏人が、小さくかぶりを振る。

「貴方に、抱かれたいんです」

頬を赤くしながらも、真っ直ぐにレオンハルトを見つめて奏人はそう口にする。

レオンハルトの瞳が大きくなり、ギュッと奏人の身体を抱きしめた。

「そんなに可愛いことを言われたら、悪いが我慢できそうにない」

「あっ……」

そのまま腰を再び抱え上げ、レオンハルトの先端が、奏人の秘穴へと宛てがわれる。何度かその感触を楽しむかのようにつついた後、ゆっくりと中へと挿っていく。

指と比べて遥かに大きく固いそれに、身体が明らかに強張った。

「ゆっくり息を吐いて」

レオンハルトに言われるままに、息を吐いた瞬間、ずぼりと屹立《きつりつ》が中へと進む。

「はっ……」

痛みは感じないが、体内に埋められた圧迫感を強く感じた。思わずレオンハルトの肩をぎゅっと摑んでしまう。

「んっ……」

「あと、少しだ」

ぐっとレオンハルトが腰を動かし、根もとまですべて挿入された。

短い息を吐きながら、自分の中にレオンハルトがいるのを感じる。ドクドクとした重い存在が自身の中にあることが、ひどく嬉しかった。

「動いていいか？」

見上げたレオンハルトの頬は、微かに上気していた。

奏人が頷けば、その逞しい腰を、ゆっくりと動かし始める。

そして、先ほど指でレオンハルトが見つけてくれた場所に先端で触れられると、身体に電流が走ったかのような衝撃を感じた。

それはレオンハルトにもわかったのだろう、繰り返し、何度もその部分に当たるよう腰を遣われてしまう。

「はあっ……！　あっ……！」

声を抑えられない。

抽送が速くなり、絶え間なく粘着音が下半身から聞こえる。

もっと動いて、強く突いてほしい。

自ら快感を求めるよう、奏人も腰を揺らした。

レオンハルトも興奮しているのだろう、いつも冷静なその表情も、苦悶《くもん》しているようにも見える。

レオンハルトが、自分に欲情してくれている。

それが、奏人にはたまらなく嬉しくて、それがより興奮を高まらせた。

ずっと、こんな風に繋がっていたい。

レオンハルトの逞しい背に手を回せば、それに応えるようにレオンハルトも奏人の身体を抱きしめてくれた。汗ばんだ肌が重なり合うのすら、心地よい。さらに、反応していた奏人の性器にも手を伸ばし、上下へと動かしてくれる。

「やっ……あっ……」

後ろと前のどちらも責められ、頭の中は真っ白になっていく。

もう、何も考えられない……!

「悪い奏人、限界だ……」

短く息を吐きながら、レオンハルトが奏人の耳もとに湿った低い声で囁いた。

レオンハルトの動きが止まり、どくどくとその怒張から精が吐き出されているのを感じる。

「あ……」

そして、奏人も自身の性器がレオンハルトの手の中で射精していたことに気づく。

「ご、ごめんなさい……」

脱力しながらも、恥ずかしさにぽつりと呟く。

レオンハルトは微笑んで、その頬にキスを落としてくれた。


深夜、互いの身体を清めた後、そのまま眠りについたのだが、ふと目が覚めた奏人は音量を小さくしてテレビをつけた。薄型のテレビは、ベッドに横たわって見られるよう、壁際に設置されていた。

「……眠れないのか？」

「すみません、起こしちゃいましたか？」

偶々流れていた映画を観ていると、目が覚めたらしいレオンハルトが、同じようにテレビを見つめる。

「いや……懐かしい映画だな。ただ、どうしてこの時期に？」

「多分、今日が終戦の日だからだと思います」

「そうか、この国ではそうなんだな」

映画はちょうどクライマックスの場面、主人公のピアニストが、敵国の軍人の前でピアノを弾くシーンだった。

「俺の教師は……この時代を生きた女性だった。迫害された側ではなく、迫害した側だ。当時の指導者からは持てはやされ、国民からはドイツ・ピアニズムの女神のように扱われたが、敗戦後その立場は逆転し、演奏活動の一切を数年禁じられた。戦争に関しては罪を受け入れていたが、ピアノに関してはよほど悔しかったのか、熱心に俺を指導した。俺がベートーヴェンばかりを弾いていたのにも、そういった背景がある。それ以外を弾くことは許されなかったからだ」

レオンハルトが師事していた女性が、著名なピアニストだったことは知っている。けれど、その過去までは知らなかった。

「俺は彼女に逆らい続けたが、結局国を代表するピアニストと言われるようになった。そして彼女が亡くなり、その一年後、俺も引退した」

そして、レオンハルトがその早すぎる引退に関して答えたことは、これまで一度もなかった。ピアノは今でも愛しているが、ビジネスでピアノを弾くことはやめた。どのインタビューでも、そう答えていた。数々の賞を受賞し、若くして頂点を極めてしまったことからの、燃え尽き症候群ではないかと揶揄されていたが、まさかそんな理由があるとは思いもしなかった。

「ピアノは好きだったが、彼女が亡くなった後はピアノを弾く理由が見つからなくなった。

弾くことはできても、気持ちがまったく入らなくなってしまったんだ。だが……お前のピアノを聴いて、その気持ちが変わった」

「え……?」

「幼い頃、初めてピアノの音を聴いた時の喜びを思い出したんだ。こんなにも軽やかで、きれいな音が出せる人間がいるんだと、感激すらした。またピアノを弾きたいと思えたのも、お前に出会えたお蔭だ」

レオンハルトが、切れ長の瞳の眦を下げて穏やかに笑む。

「じゃあ、引退を撤回してまたピアニストに……?」

「いや」

少しの期待を込めてそう言った奏人の言葉は、すぐに否定された。

「奏人と同じ舞台で弾きたい気持ちも少しはあるが、今はお前を教える方が楽しい。大丈夫、俺がここまで夢中になっているんだ。皆が、お前のピアノに恋をするはずだ」

「レオンハルト……」

恥ずかしさに俯けば、優しいキスが降ってきた。幸せな気持ちのまま、奏人は再び眠りに落ちていった。

7

ホテルで過ごした三日間、奏人とレオンハルトは何度も身体を重ねた。我ながら、乱れているとは奏人自身も思ったのだが、快感には逆らえなかった。

学校に帰ればこれまで通りの生活が始まり、なかなかこういったことはできないということも互いに頭にあったと思う。

服を着てレッスンをしても、すぐに脱がせることになってしまうため、しまいには服は必要ないんじゃないかとレオンハルトが言うほどだった。

夏休みが終われば、秋のコンサートに向けた練習が本格的に始まる。毎年この時期は学内でコンサートが行われるのだが、今回は李雲嵐の来日コンサートに合わせた計画が立てられていた。

さすがにテレビ中継はないという話だが、ネット中継やマスコミの取材は計画されているらしく、奏人はパンフレットの写真撮影や、インタビューまで受けることになった。インタビューにはレオンハルトも同伴してくれたのだが、質疑応答が進むにつれ、レオンハルトの機嫌はどんどん下降していってしまった。

「まったく馬鹿げてる。俺が弾くわけでもないのに、どうして俺に関する質問を奏人にするんだ？」

応接室から記者がいなくなると、レオンハルトは思い切り悪態をついた。

確かに、質問の内容はレオンハルトの教え方は厳しいか、レオンハルトに教えてもらえることをどう思うかなどで、インタビュアーの関心のほとんどはレオンハルトにあることがわかった。

「それだけ、レオンハルトのファンが多いってことですよ」

「お前に対して失礼だ。そもそも、弾くのは奏人なんだから、するべきはお前の紹介だろう？　非効率的にもほどがある」

ちなみに、写真の撮影は上半身のみで、当初はレオンハルトとのツーショットでというのがカメラマンの希望だったが、勿論レオンハルトがそれは断った。レオンハルトは日本語を喋ることができても読めないから知る由もないだろうが、記事のタイトルはおそらく『レオンハルトの愛弟子』となることが相手のメモからは読み取れた。

「でも、僕はレオンハルトのことを訊かれるの、すごく嬉しかったです」

最初は緊張していたのだが、質問がレオンハルトに関することばかりであったため、いつの間にか自然に話せるようになっていた。それどころか、あまりにレオンハルトに関して話しすぎたこともあり、最後はインタビュアーの女性の方が苦笑いをしていたくらいだ。

奏人が笑いかけると、レオンハルトの眉間に刻まれていた皺が和らいだ。

ゆっくりとレオンハルトのきれいな顔が近づき、啄《ついば》むようなキスをされる。リップ音が聞こえ、さらに舌が挿入されそうになったところで、口を離した。

「校内ですよ」

「誰も見ていない」

互いを見つめ合い、小さく笑う。

「さあ、コンサートまで時間がないんだ。すぐに練習に戻るぞ」

「はい」

満面の笑みで頷いた奏人は、レオンハルトと二人、応接室を後にした。

　

　

高い天井に煌《きら》めくシャンデリア、真っ白いホテルの壁、そしてフォーマルスーツを着た男性に、ドレスアップした女性。初めて目にするパーティー会場に、奏人は目立たぬよう、小さくなることしかできなかった。

うう……明らかに場違いだよこれ。やっぱり来ない方がよかったかも……。

コンサートまでいよいよ一週間に迫った今日、都内のホテルでは関係者の間でパーティーが聞かれていた。会場内には、クラシック界の重鎮とも言える人々の姿があちらこちらに見える。

それだけ注目されているコンサートだということはわかるが、奏人にとってはかえってプレッシャーだ。こういったたくさん人が集まる場所は元々得意ではないのだ。

壁の花にでもなりたかったが、一緒に来ているのがレオンハルトと志音であるということもあり、そういうわけにもいかなかった。海外からのゲストも多いようで、レオンハルトはそれこそすれ違うたびに誰かしらに声をかけられている。

有名な作曲家や演奏家の姿に最初は奏人も多少興奮していたのだが、あまりに別世界で、作り笑いを浮かべるのすら辛くなってくる。

「奏人」

「な、何？」

先ほどまで、知り合いのチェリストと話していた志音が戻ってきて、声をかけてきた。

「顔色よくないけど、大丈夫か？」

「あはは……なんか、人の多いところってあんまり得意じゃなくて」

奏人がそう言えば、志音はすぐに傍を歩いていたウエイターから、ジュースを受け取ってくれる。

「とりあえず、何か飲んだ方がいい」

「ありがとう」

素直に受け取って礼を言えば、志音が小さく微笑んだ。

「あと少ししたら、抜け出すか？」

「え？」

こっそりと話しかけられ、少しだけ高い位置にある志音の顔を見上げる。

「もう主催者には挨拶したんだろ？　レオンハルトに言って帰ろうぜ」

志音の言葉は、正直ありがたかった。レオンハルトは奏人のことを気遣ってくれてはいるが、はっきり言って他の人間が用があるのはレオンハルトだろうし、申し訳なく思っていたからだ。

「そうだね、レオンハルトに訊いて……」

「志音！　ここにいたのね。久しぶりじゃない」

奏人の言葉は、高く、明るい声の女性に阻まれた。

ブルネットの髪に、背の高いモデルのような女性。国際的なピアニスト、フレデリカ・トレイトラーだ。

「フレデリカも来てたのか」

笑顔のフレデリカに対し、志音は特に驚いた様子もなく、淡々と答えた。美しい、魅力的な女性を前にしても表情一つ変えることがない志音の様子に、奏人は驚く。

「私はついでみたいなものよ、今回の主役は彼だもの」

よく見れば、フレデリカのすぐ横には長身の男性が立っていた。腕を軽く掴まれており、どうやら強引にフレデリカに連れてこられたことがわかる。

「李雲嵐さん……？」

クールな表情でフレデリカの隣に立っていたのは、今回のコンサートの主役、李雲嵐だった。すらりとした長身に、涼しげな顔立ちは大人びており、年齢が一つしか違わないとは思えなかった。

「ああ、ごめんなさい。貴方も今回の主役よね。初めまして、綾瀬奏人君。奏人でいいかしら？」

呆然と雲嵐を見つめたままの奏人に、フレデリカが気さくに話しかけてくれる。

「はい、初めまして。綾瀬奏人です……」

フレデリカが手を差し伸べてくれたため、同じように手を伸ばすと、僅かに力を入れて掴まれた。

「あら、可愛らしい手……！　私の方が大きいくらいじゃない？」

純粋に、驚いたように言うフレデリカに、苦笑いを浮かべてしまう。ヒールを履いているとはいえ、身長もフレデリカの方が高かった。

「フレデリカの手がでかすぎるんだろ……」

「相変わらず可愛くないわね～」

ぼそりと呟いた志音を、フレデリカが軽く睨む。

「ほら、雲嵐も挨拶しなきゃ」

無表情でなんの言葉も発しない雲嵐を、フレデリカが軽く肘でつつく。

「は、初めまして。綾瀬奏人です。あの、雲嵐さんのピアノ、とても素敵で。よく聴いています」

奏人は雲嵐に向かって微笑み、小さく頭を下げる。きれいな発音ではなかったが、雲嵐が英語のインタビューに応えているのは見たことがあるし、通じはするだろう。

けれど、雲嵐は奏人をじっと見つめはするものの、なんの反応もしなかった。むしろ、機嫌があまりよくないのか、表情はどんどん険しくなっていく。

「あ、ちょっと」

そして一言、フレデリカに何か言づけてその場を離れていってしまった。

「なんだあいつ、礼儀を知らないのか？」

志音が不愉快そうに顔を顰めた。

「な、何か失礼なこと言っちゃったかな？」

少し不安になって口にすれば、フレデリカが慌てて謝った。

「ご、ごめんなさいね奏人。ちょっとあの……男心は複雑というか……」

「え？」

どういう意味なのだろうか。

「フレデリカ、君も来ていたのか」

けれどその問いを口に出す前に、戻ってきたレオンハルトによって遮られた。

「ええ、そうよ。可愛い弟弟子のコンサートだもの……というのはあくまで建前。久しぶりに日本に来たかったのよ、貴方もいるし」

にっこりと、美しい笑みを浮かべたフレデリカが、レオンハルトに近づく。レオンハルトは自然な動作で腕を伸ばし、フレデリカがそんなレオンハルトに抱きついた。

所謂ハグというもので、ヨーロッパにおいては挨拶の一つなのだろう。仲のよい男女でも、特に深い意味はなくすると聞いたことがある。

ただ、目の前でかつての恋人を抱きしめるレオンハルトの姿に、奏人の胸はチクリと痛んだ。

「そういえば、雲嵐と君はどちらもカットナーに師事していたな」

「ええ、といっても私よりもずっと雲嵐は期待されてるんだけど。彼のショパン、素晴らしいわよ」

「ああ、当日が楽しみだ。勿論、奏人の方もとてもいい仕上がりになってるけどな」

言いながら、レオンハルトが奏人へと目配せをしてくれる。

照れくさく思いつつ、気にかけてくれたことが嬉しくて、小さく頷く。

「ふふ、可愛がってるのね。あ、そういえばカットナーが貴方と志音と話したがってたわよ。奏人の相手は私がしておくから、話してきたら?」

フレデリカが思い出したようにそう言うと、少し離れた場所にいる年配の男性の方を見る。シルバーグレイの紳士的な男性、カットナー・ヘスは英国貴族で、本人のピアニストとしての名声は勿論、後進の育成でも有名だった。

「ああ……だけど、大丈夫か?」

レオンハルトが、奏人の表情を見る。そういえば、会場に来てから常に志音かレオンハルトのどちらかが、奏人の傍にいてくれていた。

「はい、大丈夫です」

奏人がそう言えば、レオンハルトもホッとしたように微笑み、志音と一緒にカットナーのもとへと向かった。

「ごめんなさいね、こういう機会でもないと彼ら、なかなか話す機会がなくて」

「あ、いえ……」

確か、レオンハルトは一時期カットナーの指導を受けていたはずだ。フレデリカともその時に親しくなったのかもしれない。

「レオンハルトはああいう性格だから、なかなか合う先生がいなかったけど、カットナーだけは別なのよね。まあ、よく口論もしてたけど」

カットナーと話す二人を見ながら、フレデリカが楽しそうに笑う。

「レオンハルトが教える側になるって聞いた時には驚いたけど、どう？　ちゃんと教えられてる？」

「は、はい。勿論です、とてもよくしてもらってます」

「そう、それはよかった」

フレデリカに悪気はないのはわかるが、その口ぶりは、まるでレオンハルトの身内のようでもあった。長いつき合いなのだから当然と言えばそうなのだが、二人の仲のよさがより感じられ、気持ちが沈む。

「一年だけでも、レオンハルトから学べることは多いと思うわ。ちょっと性格には難があるかもしれないけど、ピアニストとしては素晴らしいから」

「え……？」

さりげなくフレデリカから出た言葉に、奏人は一瞬耳を疑った。

「い、一年、ですか？」

「あら、ごめんなさい、聞いてなかった？　最初から、一年の約束で来日したはずよ。まあ、あれだけ頭を下げてもらったら、レオンハルトも断れなかったんだと思うけど……」

心臓の音が速くなり、手には嫌な汗が流れてくる。

日本で教鞭を執るのは一年間だけ、そんなことはレオンハルトの口から一度も聞いていなかった。最初はそのつもりだったのかもしれないけれど、もしかしたら予定が変わったのかもしれない。しかし、奏人をがっかりさせないために、レオンハルトがそのことを隠していたのだとしたら。

嫌な想像が、次々に頭を過っていく。

「それに、一年だっていうから私だって待つことにしたのよ」

フレデリカが、こっそりと奏人の耳もとへと唇を近づける。

「来年、結婚の約束をしているの。式には、ぜひ奏人にも来てほしいわ」

まだ内緒にしていてねと、女神のように美しい顔でフレデリカが笑った。

奏人は、頷くこともできず、引きつった作り笑いを浮かべた。

♩

ピアノを弾いている時間が好きだ。

その間は、悲しいことも苦しいことも、何もかも忘れられるから。

「……すごいな、完璧なテンポだった。メトロノームすら必要なさそうだ」

感心したようにレオンハルトはそう言うと、近くにあったオーディオを停止した。

協奏曲の練習は、ピアノの練習とは勝手が違う。

プロの場合は、数日前からオーケストラに合流し、練習することも可能なのだが、いくら同じ学園の学生とはいえ、奏人のために全員の予定を合わせてもらうことは難しい。

当日は本番前にリハーサルがあるが、それまでは特に時間が取れないため、志音が用意してくれたオケの音源に合わせて練習しているのだ。

「舞台と同じ雰囲気を作るといっても、ここまで暗くする必要はないと思うんだけどな」

レオンハルトが、閉めていたカーテンを開く。

舞台は鍵盤が見えづらく、ヴァイオリンの音が大きく聞こえる。レオンハルトはそう説明すると、部屋の照明を落とし、カーテンを閉めた。

薄暗い中での練習は、今の奏人にとっては都合がよかった。オーディオから流れるオーケストラの演奏と、メトロノームの音を聞きながら、目の前のピアノに集中できる。

「ただ、気持ちが入っていないわけではないんだが、いつもの奏人に比べると少し機械的にも聞こえた……何か、気になることでもあるのか？」

はっきりと言われた言葉に、奏人の心が跳ねる。

窓から入ってくる陽差しに、レオンハルトの髪がきれいに光っている。

「い、いえ……少し緊張してるんだと思います。ソロと違って、協奏曲はオーケストラと合わせることが重要ですし」

視線を逸らしつつ、奏人は答える。不安を感じているのも、本音だった。初めてのコンサートで、いきなりピアノ協奏曲なのだ。奏人がミスをすれば、せっかくのオーケストラが台無しになってしまう可能性だってある。だから室内を暗くして、鍵盤が見えなくとも完璧に弾けるように練習がしたかった。

「まあ、ピアノ協奏曲第1番の主役はあくまでピアノだ。そんなに気後れすることはない」

「はい……」

夏休みが終わった後も奏人はラフマニノフを諦められず、ショパンと並行して練習していたものの、結局弾くのはショパンのピアノ協奏曲第1番になった。

「この曲、ショパンが二十歳の時に片想いする女性を想って作った曲なんですよね」

美しいソプラノ歌手に恋をしていた若き日のショパン。内気な青年は、結局想いを伝えられなかったのだという。

「ああ、マズルカやポロネーズのように祖国ポーランドへの愛を込めたものとは違い、この曲に込められたのは彼の恋心だ。旋律は少し物悲しいが、繊細な曲だし、奏人にも合うと思うんだが……」

「あ、はい。僕も好きです」

奏人がそう言えば、ホッとしたような表情でレオンハルトはさらに曲の解説を続ける。

ベートーヴェン弾きとして有名だったレオンハルトだが、おそらく彼自身はベートーヴエン以外の作曲家にも敬意を持っているのだろう。

かつてはオーストリアと並ぶ音楽大国で数々の名ピアニストを輩出してきたドイツだが、十数年前は他の国々に遅れをとってしまっていた。だからこそ、レオンハルトはドイツ音楽のシンボルとなることを求められた。けれど、それはレオンハルトの本意ではなかった。

カリスマ性を持つレオンハルトがこれまで一度も口にしたことのない自身のピアノへの想いは、長野で過ごした数日間で聞くことができた。

あの時は、確かにレオンハルトの心に触れられたと、近づけたと思っていた。けれど。

「それから……奏人。コンサート前で申し訳ないんだが、明日からの二日間、予定が入ってしまったんだ。その間のレッスンは、アナスタシアに頼んである」

「え……」

今日は水曜日で、本番のコンサートは日曜日だ。残りは三日間しかない。

「何か、急用でもできたんですか？」

これまで、レオンハルトはほぼ奏人につきっ切りでレッスンをしてきてくれたのだ。二日も見られないというのはそれこそ初めてかもしれない。

仕方がない事情なのだとは思うが、コンサート前のこの時期だからこそ、できればレオンハルトに見てほしかった。

「大使館関係の仕事と、あとフレデリカに都内の案内を頼まれたんだ。元々方向音痴なところがある上に、この十年で随分東京は変わったとかなんとか言っていて」

レオンハルトから出たフレデリカの言葉に、奏人の表情が凍りつく。

「二人きりではなく、カットナーも一緒だ。カットナーはコンサートで来日したことはあるが、東京観光は初めてだということもあって、それで……」

奏人の表情が曇ったことに気づいたのだろう。すかさず、レオンハルトはフォローを入れた。直接、奏人はレオンハルトから聞いてはいないが、過去にフレデリカと男女の関係にあったことを知っているのは、薄々気づいているのだろう。パーティーから帰った後も、大切な友人であることを、強調するように繰り返された。

結婚の話は、勿論レオンハルトからは何も聞いていない。フレデリカの冗談か、揶揄われたのだろうと思うことができたらよかったのだが、彼女はそういうことを言うタイプにも見えない。何より、レオンハルトを見つめる彼女の瞳からは、強い恋情が感じられた。奏人も一緒だから、わかるのだ。

才色兼備で華やかなかつての恋人と、二人きりではないとはいえレオンハルトは出かける。しかも、奏人のコンサートが近いこの時期に。暗く、嫌な気持ちで胸の中がいっぱいになっていく。

どうしてこの時期なんですか、僕より彼女を優先するんですか。

そんな気持ちを今にも口に出してしまいそうで、奏人は自身の気持ちを必死で抑えた。

「直前になってしまって悪いが、土曜日はいつも通り、一日レッスンをするつもりだ。その……土曜の朝にでも、家に来てくれると嬉しい」

奏人の心情は、おそらくレオンハルトも察してくれているのだろう。いつもより、気遣ってくれているようにも思える。だけど、そんな言葉でさえ、レオンハルトのご機嫌取りのように聞こえてしまって、かえってどこかやましい感情でもあるのかと勘ぐってしまう。

……こんな風に考えてしまうなんて。

久しぶりに会った恩師と友人の案内をするのなら、仕方ないではないか。今までずっと見てもらっていたのだ。これ以上を求めるのは、甘えすぎだ。そう思った時に、奏人はハッとする。

いつの間にか、レオンハルトが自分を一番に優先してくれるものだと、自然と思っていたからだ。

いつから、自分はこんなに欲深くなってしまっていたのだろう。

「わかりました。土曜日、楽しみにしてます……」

なんとか笑顔を作りレオンハルトに返せば、どこかホッとしたような表情をされた。

大丈夫、フレデリカの話は何かの間違いだ。だって、レオンハルトはこんなにも自分を大事にしてくれている。

奥底にある疑問や戸惑いには、そっと蓋をした。

」


アナスタシアは、この時期に奏人のピアノを矯正することなどできないということもあるのだろうが、あくまで奏人の弾き方や音を大切にしてくれた。

私はこう思った、貴方はどう思う？

さらに、金曜日には他の器楽科の教師とも交渉してくれ、講堂を使っての全体練習も行えた。慶介も選抜されたメンバーに残れたようで、第一ヴァイオリンの場所からにこにこと笑顔を見せてくれていた。

ただ、その中で一人、コンマスである志音の表情は冴えなかった。

そして練習が終わった放課後、奏人は志音に寮の練習室に呼び出された。

「奏人、後で話がある」

そう言った時の志音の表情はどこか緊張していて、硬質で、そんな志音を見るのは初めてだった奏人は少しばかり戸惑った。

そして、同時に思ったのだ。ああ、もしかしたら志音はついに真実を知ってしまったのかもしれないと。

そして、そんな奏人の予想は見事に当たってしまった。

オーケストラの全体練習の後だからなのだろう。皆それぞれ休息をとっているのか、いつもなら聞こえてくる他の部屋からの楽器の音も、何も聞こえなかった。もう日は暮れかけているため、窓から差し込む夕陽は頼りなく、少しでも部屋を明るくするために照明をつけた。

「悪い、遅くなった」

後から部屋に入ってきた志音の手にヴァイオリンはなかった。

「大丈夫だよ、そんなに待ってない。……話って、なに?」

奏人の言葉に、志音の眉間に皺が寄った。そして、何かを振り払うように一度瞳を閉じ、開いたところで志音が言った。

「お前の父親は朝比奈清司。俺とお前は……兄弟なんだろう?」

あくまで疑問形ではあったが、志音が確信をもって言っていることはわかった。

だから、奏人も誤魔化すことなく真実を話すことにした。

「うん、そうだよ……。ごめん、今まで黙っていて」

志音が瞳を、大きく見開いた。あらかじめわかっていたとはいえ、奏人の口から知った事実に、ショックを受けているのかもしれない。

もしかしたら、志音との友情もこれで終わりかもしれない。いつかこんな日が来ることを覚悟していたとはいえ、奏人の心にツキリと痛みが走る。

けれど、目の前にいた志音は何も言わず奏人との距離を縮め、そして思い切り奏人を抱きしめた。

「謝るのは俺の方だ……何も知らなくて、気づいてやれなくて、悪かった」

志音の腕は強く、そして温かかった。耳もとで囁かれる声も、とても優しい。

驚きながらも、奏人は小さく首を振る。言葉が、出てこなかった。

「怒って……ないの？」

ようやく絞り出してそう言えば、志音が小さく笑ったのがわかった。

「正直に言えば、少し腹が立った。できれば、お前の口から聞きたかったし……まあ、俺の話を聞いてたら言いづらいっていうのもわかる。ただ、勘違いしてほしくないんだが、俺は親父には腹が立ってるけど、奏人と、奏人の母さんに腹が立ってるわけじゃないんだ。というか、順番的には、奏人の母親から親父を奪ったのは、俺の母さんの方なんだろ？」

「そ、それは違うよ。別れた後に、僕がお腹《なか》にいることにお母さんが気づいたんだ。志音君のお母さん、ソフィアさんが悪いわけじゃない。それに……朝比奈さんも」

なんと呼んでいいかわからないので、とりあえず奏人は父をそう呼んだ。

「親父は悪いだろ。いや、親父も悪いが……俺も悪いんだ」

「え？」

「一度、座ろう。俺はもう少しこうしていたいけど、少し話しづらい」

「あ……」

そこでようやく、奏人はずっと志音に抱きしめられていたことに気づく。

志音が照れたように身体を離すと、奏人は室内にあるソファへと腰を下ろした。志音は少し名残惜しいような顔をしたが、同じように奏人の隣に座った。

「親父に俺以外にも子供がいるって聞いたのは、今から六年以上前のことなんだ。不倫関係だったわけじゃないとわかっていても、複雑だった。母さんも、荒れたよ。ただそれは奏人の母さんを責めてのことじゃなくて、親父がその事実を黙っていたことに対してだ」

朝比奈自身も、奏人の存在を知ったのは生まれてしばらく経ってからだと奏人も聞いていた。共通の友人から話を聞き、すぐに連絡を取ってきたのだという。

「しかも……馬鹿親父はその期に及んでさらにとんでもない話をしてきた。できれば、もう一人の子供、奏人のことを引き取りたいってな」

「え……？」

それは、奏人も初めて知る話だった。母からは、一度もそんな話を聞いたことはない。

「ちょうどその頃、奏人の母さんの結婚が決まっていたらしい。勿論、奏人の母さんは反対したらしいが、お前が将来的にピアノをやっていくなら、自分のもとで育てた方がいいと、そう説得したらしい。親父はこれまで一度も会ったことがないもう一人の子供に厚かましくも会いに行き、そしてその才能を見極めるためにピアノを弾かせた」

志音の話を聞き、奏人の心の中に何かがストンと落ちた。そうか、あの時朝比奈の前でピアノを弾かされたのはそういった理由があったのか。そして、残念ながら奏人は朝比奈の目にはかなわず、引き取られることはなかった。

わかっていたこととはいえ、やはり胸が痛んだ。

「うん……弾いたことがある。クレメンティを弾いたんだけどね、あんまり上手に弾けなくて。朝比奈さんも、がっかりしたんだと思う」

「違う……！　そうじゃない！」

珍しく、志音が声を荒らげ、びくりと奏人は身体を震わせた。

「そうじゃない……お前のピアノに、親父は驚いた、これほどの才能はないと。多分、すぐにでも引き取って、育てたいと思ったはずだ。だけど……できなかった。俺が、反対していたから」

志音の声は、震えていた。そして、その瞳には、涙が溜まっていた。

「これまで一度も頭を下げたことがなかった親父が頭を下げて、お前を引き取りたいって言ってきたんだ。許せなかった。散々母さんを苦しめてきて、そんなことを言い出した親父が。……母さんは、納得してくれたんだ。お前にも会ってみたいって、そう言ってた。反対したのは、俺だけだった。ふざけるなって思い切り親父を罵倒した。俺とその子供と、どっちを取るんだって」

はらはらと、志音の瞳からは涙が零れ落ちていた。当時の志音は、十歳にもなっていなかったはずだ。その年代の子供には、あまりにも辛い現実だろう。

「結果的に親父はお前を引き取ることを諦めた。俺も、どこかで引っかかりを感じていたけれど、過去のことだと忘れかけていた。だけど、奏人と出会って……お前が数年の間、ピアノを弾けなかった話を聞いて、心が痛んだ。どれだけ見る目がない奴なんだって、腹も立った。だけど、その原因を作ったのは他でもない、俺だった。俺が、奏人からピアノを奪ったんだ」

ごめん、と志音は何度も謝り、きれいな色の瞳から涙を落とし続けた。

「親父も、本当はお前には素晴らしい才能があると、そう言いたかったはずだ。だけど、言えなかった。才能があれば、お前を引き取るという約束をしていたんだ、自分から言い出した手前、引っ込められなかったんだと思う。だけど、そのせいでお前がピアノをやめるなんて……！」

あまりに驚いて、奏人は何も言うことができなかった。けれど、志音の涙に気づくと手を伸ばし、震えるその手を握った。

「違う、それは違うよ志音君。僕がピアノをやめたのは、志音君のせいでも、朝比奈さんのせいでもない。僕自身が、弱かったからだ」

ちょうど、同い年の翔が賞を取り始めた頃でもあった。自分には才能がないのかもしれないと、そんな思いもあった。

「僕が、自分自身を信じられなかっただけなんだ」

「だけど」

言葉を返そうとする志音の手を優しく見つめる。

「前から思ってたけど、志音君の右手の指、少し硬いんだよね。多分、小さい頃から、たくさん練習してきたんだろうなあって、そう思ってた。それって、本当にすごいことだよ」

朝比奈とソフィアの息子であることは、志音にとって大きな重圧であったはずだ。それでも、志音はそれに負けることなく、ヴァイオリンを続けた。天賦の才などと言われているが、誰よりも練習してきていることはその指を見ればわかる。

「確かに、朝比奈さんに言われたことはショックだったよ。でも、ピアノをやめることを決めたのは僕自身だ。自分と向き合う勇気がなくて、逃げ出してしまったんだ。それに、もし朝比奈さんに引き取ってもらえてたら、音楽をやる上では素晴らしい環境を作ってもらえたと思うよ。だけど、周りのレベルについていけなくて、結局挫折してピアノをやめちゃったかもしれない。だから、あの時朝比奈さんに才能がないって言ってもらえてよかったとも思う」

一度やめたことで、失ったものは大きい。けれど、得られたものがなかったわけではない。

「僕の方こそ、ずっと黙っててごめんね。その……ソフィアさんに会いたいって思ったけど会えなかったのも、それが理由……」

志音から聞いた話は衝撃も強かったが、これまで胸の中にあった罪悪感がなくなった意味では、気持ちはスッキリとしている。

「だけど、志音君の方がずっと大人っぽいのに、僕の方がお兄ちゃんっていうのは不思議だよね」

「……言っとくけど、兄貴なんて言わねえぞ。今さら、兄弟だなんて言われてもピンと来ないし、そんな風にも見られない」

「それはそう、だよね……」

わかってはいたことだが、少し声が落ち込んでしまった。

「誤解すんなよ、兄弟とか、そんな血の繋がりなんて関係ねえってだけだ。奏人は奏人だろ……俺にとって、大事な存在なのは変わらない」

照れくさそうに、視線を逸らしながら志音が言った。

奏人の胸に、温かいものが込み上げてくる。

「うん、僕にとっても、志音君はとても大事な存在だよ」

笑いかければ、志音の口の端が上がる。

「ああ、今はそれでいい……」

ぼそりと呟いた志音の声は、聞き取ることができなかった。

「でも、びっくりしたあ。いつかはバレちゃうかなってドキドキしてたんだけど……。ソフィアさんから、聞いたの？」

奏人が尋ねれば、一度穏やかになった志音の表情が、再び険しくなった。その変化に、奏人の心も翳《かげ》ってゆく。

「ああ……母さんから聞いた。最悪な情報と一緒に」

「え……？」

「奏人、レオンハルトは……あいつは、お前を利用したんだ」

利用という志音の口から出た言葉に、奏人の表情が強張る。それ以上は聞きたくない、そんな気持ちが過ったが、静かに続く言葉を待った。

8

地下鉄の改札を通り抜けると、奏人は通いなれた道を急いだ。

手もとにあるスマートフォンを何度も確認するが、レオンハルトからの連絡は来ていない。何度かけても、流れてくるのは電源が入っていないというアナウンス音のみだ。

いくら生徒であるとはいえ、事前になんの連絡もせずに訪ねるのが不躾だということはわかっている。けれど、それでも奏人はレオンハルトに会って、話を聞かなければならなかった。

すでに日が暮れていることもあり、マンションの照明はきれいにあたりを照らしていた。はやる気持ちを抑えつつ、エントランスに入り、部屋番号を押してチャイムを鳴らす。最初はなんの反応もなく、留守なのかとも思ったが、少しすると慌てたような声が聞こえてきた。

フレデリカの声だった。聞き間違えるはずがない、女性にしては少しハスキーだが、落ち着いたきれいな声だ。全身から汗が出てくるような心境になる。

「あの……すみません。僕、綾瀬奏人です」

なんとか平静を装って、声を出す。今日はフレデリカとカットナーと出かけているのだから、フレデリカが部屋にいてもおかしくはない。けれど、奏人は手の震えを抑えることができなかった。

「ああ、奏人？　どうしたの？」

「ちょっとあの、明日のレッスンのことで訊きたいことがあって」

「あら、そうだったのね。ごめんなさい、レオンハルトは今ちょっと出かけていて。中で待ってもらってもいいかしら？」

優しく、フレデリカは言ってくれた。まるで、恋人の大切な生徒をもてなすように。

「い、いえ……大丈夫です、電話してみます。突然お邪魔して、申し訳ありませんでした」

それだけ言うと、奏人はフレデリカの言葉を待たずにその場を去った。とても、部屋の中に入るような心境にはなれなかった。

レオンハルトとフレデリカの仲がよいことはわかっている。だけど、いくら仲がよくとも、かつての恋人と二人きりで自宅で過ごしたりするだろうか。

そんな疑問はすぐに解消される。二人は元恋人同士ではなく、今も恋人同士なのだろうと。

じゃあ、自分は一体レオンハルトにとってなんなのだろう。ただの遊び？　あの甘い言葉の数々は、すべて偽りだったのだろうか。これまで抑えていた思いや疑問が、次々に湧いて出てくる。

いつもはレオンハルトと話しながら歩くため、あっという間に感じる駅までの道が、とてつもなく長く感じた。空気は湿ってきており、雨が降りそうだ。早く駅に向かわなければと思いつつも、足取りが重い。

そして、ちょうど公園の前に差しかかった時、よく知った人影が見えた。

「……奏人？」

驚いたような顔のレオンハルトが、奏人を見ていた。買い物をしてきたのか、紙袋を手にしている。奏人も一緒に行ったことがある、輸入食材がたくさん揃《そろ》っている近くの高級スーパーのものだ。

心配げな表情で、レオンハルトが奏人のすぐ傍までやってくる。

「どうしたんだ？　学校は？」

そういえば、制服のままだったことを思い出す。それどころか、寮に外泊届は出したものの、財布と携帯という最低限のものしか持ってこなかった。

よほど、気が動転していたのだろう。

「レオンハルト……貴方が僕の個人レッスンを引き受けたのは、父の、朝比奈清司からの頼みだったというのは本当ですか？」

レオンハルトの問いには答えず、単刀直入に奏人は訊いた。レオンハルトの表情が、目に見えて強張る。

薄暗い中でもきれいな青い瞳が逸らされ、その様子から、志音から聞いた話が事実であることがわかった。

「どうして……その話を」

「やっぱり、そうだったんですね。貴方は楽団から頼まれ、来期のバイエルン・フィルハーモニー管弦楽団の主席指揮者のオファーを父に出していた。父は最初は断ったが、オファーを受けることへの条件を出した……それが、貴方が僕をピアニストとして育てることだった」

志音の話では、朝比奈は志音の帰国に合わせ、活動拠点を日本に移すはずだった。けれど結局、ヨーロッパに留まることが決まった。ソフィアが理由を問い詰めたところ、奏人の話が出てきたのだ。

志音は、あの時奏人を切り捨ててしまったことへの、朝比奈なりの罪滅ぼしだと言った。朝比奈が誰より信頼するピアニストであるレオンハルトになら、自分の息子の才能を開花させることができるはずだと思ったのだろうと。不器用ではあるが、朝比奈なりの愛情なのだろうとも。

けれど、だとしたらレオンハルトが自分を指導してくれたのも、すべて朝比奈からの頼みだったということになる。そう考えれば、フレデリカの言う一年の期限にも納得できた。

自分はただ、レオンハルトの交渉の材料に使われただけなのだ。

「黙っていて、悪かった……」

言い訳をしても仕方がないと思ったのだろう。苦しげな表情で、レオンハルトが言った。

「僕のピアノが好きだと言ってくれたのも、世界的なピアニストになれるって言ってくれたのも、全部嘘だったんですね」

「それは嘘じゃない！」

冷静なレオンハルトが、珍しく声を大きくした。

「確かに、きっかけは朝比奈からの頼みだった。だが、お前のピアノの音が素晴らしいと思ったのも、ピアニストになれると思ったのも本当だ！」

「だけど、期限は一年の間だけなんですよね。春になれば、貴方はドイツへ帰ってしまう」

レオンハルトが目を瞠り、そしてその表情を歪ませた。ああ、やはりフレデリカの言っていたことも事実だったのだ。

「それは……奏人、その件に関しても、俺から話したいことがあるんだ。もう夜も遅い、いったん俺の家へ」

家へ行って、どうしろというのか。婚約者として、フレデリカのことを紹介でもするのか。

「ごめんなさいレオンハルト。悪いけど、今の貴方の言葉を、僕は信じることができないし……何も聞きたくない」

吐き捨てるように言うと、奏人は思い切り足を動かしてその場から駆けだした。

地下鉄の駅に着いた頃、ちょうど雨が降り出してしまった。身体は濡れずに済んだが、涙で濡れた視界は、ひどく歪んで見えた。

俯き、口もとを押さえる。なんとかホームまで降りて、行先も確認せずに来た列車に飛び乗った。次々に流れ出てくる涙を、止める手段を奏人は知らなかった。

♩

新品の下着と大きめのシャツに、もはやクロップド丈と言えるハーフパンツ。頭にはタオルをかけたまま、奏人はぼんやりと窓の外に見える都内の夜景を眺めた。

ガチャリと部屋のドアが開き、同様にさっぱりとした格好のこの部屋の主が中へと入ってくる。そして奏人の横に放ってあるスマートフォンへと目を向けた。

「鳴ってるぞ、電話」

「知ってる……」

地下鉄に乗ったあたりから、スマートフォンは鳴り続けている。発信者の名前は、勿論レオンハルトだ。電源を落としてしまえばいいのだが、どこかで電話が続いていることにホッとしている自分もいる。

「お風呂、貸してくれてありがとう」

「……お前のせいで、俺の方もびしょ濡れになったけどな？」

「ごめん。翔ちゃんの顔を見たら、安心しちゃって」

知らない名前の駅を次々と通り過ぎてしまい、さすがに不安になった奏人は途中で降りた。後で考えれば、学校の最寄り駅とそう離れていなかったのだが、それだけ混乱していたのだろう。

そして、降りた駅で偶々翔の姿を目にし、思わずその姿を追いかけてしまったのだ。

雨の中を追いかけてくる奏人を拒絶することは翔にもできなかったのだろう。翔が持っていた傘は二人が使うには手狭で、結果的に翔も随分雨に濡れてしまった。

週末ということもあり、翔は自分のマンションに帰る途中だったようだ。レオンハルトのマンションのような広さはないものの、学生が一人で暮らすには十分すぎる広さの、新しいきれいなマンションだった。

「で？　電話には出ないけど、電話が来なくなるのが不安で電源を切れないってことか？　相変わらず面倒くせえやつだな」

翔は慰めることもなかったが、黙って奏人の話を聞いてくれた。奏人としては、誰かに聞いてもらいたかったので、翔の存在はありがたかった。

「そのうち鳴りやむよ。レオンハルトだって、暇じゃないんだし」

家には、フレデリカもいるんだし、という言葉はさすがに出てこなかった。

「そもそもお前、俺に何されたか忘れたのか？」

「え……？」

「襲われかけた相手の家に、のこのこついてくる奴がいるのかって話だよ」

低い声で翔は言うと、ぐっと奏人へと身体を近づけて壁に手を当てる。

ちょうど後ろは壁であるため、所謂壁ドンのような体勢になってしまっていた。翔の切れ長の瞳が、奏人を見据える。どこか苛立ちを感じるのは、おそらく気のせいではない。

「襲いたいなら襲えば」

「……は？」

「別にいいよ、セックスくらい。大したことじゃないよ？　妊娠するわけでもないんだし」

口から出た言葉は、ひどく投げやりなものだった。勿論本気で言っているわけではないが、今は何もかもがどうでもよかった。

「ふざけんな」

奏人の言葉に、翔は思い切り顔を歪ませた。

「心にもねえこと言ってんじゃねえよ」

至近距離で見る翔の瞳は、強く奏人を睨んでいた。翔は、怒っているのだ。自分自身を大切にしない、奏人の言葉に。

ハッとした奏人は、慌てて謝罪の言葉を告げた。

「ごめん……」

そうだ、自分にとってのセックスは、決して軽いものじゃなかった。レオンハルトが相手だから、抱かれたいと思った。レオンハルトだから、それだけの想いを抱くことができたんだ。考えると、また目に涙が浮かんでくる。

とにかく真剣で、ただ夢中で、それで周りが見えなくなって。結局、レオンハルトにとって自分は御しやすい子供でしかなかったのだと改めて思う。

それなのに、僕ばかり本気になって。本当に、馬鹿みたいだ。

「で？　明後日のコンサートには出ないのかよ？」

「え……？」

「お前が出ないなら、次席だった俺が出ることになるのわかってんのか？　辞退するならさっさと連絡しろよ」

翔に言われ、一気に現実に引き戻される。

「し、しないよ！　せっかく出られることになったんだから！」

反射的に、すぐさま言葉が出た。奏人自身、自分の口から出た言葉に驚いたくらいだ。

「だったらメソメソ泣いてないでさっさと練習しろ。俺を押しのけて出場するんだ。つまんねー弾き方しやがったら、ただじゃおかねえからな」

それだけ言うと、翔はキッチンの方へ行ってしまった。おそらく夕食を作りに行ったのだろう。時計を見れば、すでに二十時近くになっていた。

「翔ちゃん、ピアノ、借りてもいい」

「使ったら拭いておけよ」

キッチンに向かって声をかけると、そんな言葉が返ってきた。そういえば、翔は昔からきれい好きだった。広いリビングにあるグランドピアノも、きれいに磨かれている。

「……KAWAHAだ」

見覚えがある。翔が自宅から持ってきた、小さい頃からずっと弾いていたピアノだ。

「久しぶりだね、ちょっとの間だけ、お世話になります」

椅子に座り、そっと声をかける。今は、とにかくピアノを弾きたかった。この哀しみは、ピアノを弾かなければとても耐えられそうにないから。


「……今『別れの曲』を弾くって、いくらなんでもベタすぎるだろ」

何曲か弾き終わる頃、翔がダイニングテーブルに料理を運んできてくれた。さすがに思うところがあるのか、翔の表情はなんとなく決まり悪そうだ。

簡単なものしかできなかった、と翔は言ったが、パスタもサラダもきれいに盛りつけられている。

「べ、別に意識したわけじゃないよ。ショパンの練習曲は、指のトレーニングにちょうどいいってレオンハルトからも言われてるんだ」

日本では『別れの曲』として有名なこの曲は、練習曲として作られたものだ。主に中指、小指、薬指で構成されており、特に右手のトレーニングにはいいとレオンハルトにも言われた。

美しいが、少し寂しい旋律には、否が応でも今の奏人の心情が込められてしまう。

翔に呼ばれ、鍵盤蓋を閉じると手を洗いにキッチンを借りた。洗い物を手伝おうかと思ったが、すでにほぼ終わってしまっていた。相変わらず、とても手際がいい。

一人暮らし用だということもあり、ダイニングテーブルは小さく、椅子も二脚しかない。食卓には生活感があまりないものの、大きな皿に用意されたサラダもカルボナーラも、とても美味しそうに見えた。

カルボナーラ、好きなの覚えててくれたんだ……。

まだ仲がよかった頃、それぞれの母親も一緒に出かける時に、奏人はよくカルボナーラを注文していた。多分、翔に言ったところで勘違いするな、偶然だときっと言われてしまう。

優しい言葉は、かけてはくれない。だけど、これが翔なりの慰め方なのだろう。

「けど、それならレオンハルトの指導法は適切だったってことだろ?」

「え?」

「お前はガキの頃から無理してベートーヴェン弾いてるイメージだったけど、明らかにショパンのが合ってるだろ。だいたい、レオンハルトに師事して、マシになったんだろお前のピアノ。だったら、それでいいんじゃねーのか？」

ショパンのが合っている、それはレオンハルトに言われた言葉でもあるし、奏人自身も実感していたことだ。

子供の頃からレオンハルトに憧れ続けた奏人は、無意識にベートーヴェンの曲ばかりを選んでいた。だが、自身の手があまり大きくなかったショパンの曲は、指に無理がないように作られている。

翔の言う通りだ。レオンハルトの指導は、素晴らしかった。奏人の矯正すべき部分はきちんと口に出すが、よい部分には賛辞を惜しまなかった。

奏人のピアノはとてもきれいだ、繊細だ、音が澄んでいる。

自分に自信がなかった奏人を根気よく励まし、勇気づけてくれたのは他の誰でもない、レオンハルトだった。

そうだ。たとえ、レオンハルトがいなくなったとしても、僕にはレオンハルトから教えてもらったピアノがある……！　だったら……やっぱりそのためにも。

「翔ちゃん！」

「なんだよ」

「明日、この部屋使わせてもらっていいかな？　本番前に、練習に使うのに」

奏人の言葉に、翔はあからさまに嫌そうな顔をした。

「おい、俺がわざわざ部屋を借りてるのがなんのためか、知ってるよな？」

「今回だけだから！　あと、翔ちゃんにもアドバイスしてほしいんだ！」

「ああ!?　なんで俺がお前の練習にまでつき合わなきゃいけねえんだよ」

「……翔ちゃんなら、遠慮なく気になったところをズバズバ言ってくれそうだから」

笑ってそう言えば、翔の頬が思い切り引きつる。そして、仕方ないとばかりに大きなため息をついた。

「いいのかよ？」

言いながら、ソファの上に放置されたままの奏人のスマートフォンに視線を向ける。

「え？」

「直前だし、レオンハルトに見てもらった方がいいんじゃないのか？」

最初は、そのつもりだった。本番前に、レオンハルトに確認をしてもらいたかった。

「後で、メールするよ。明日の練習は、自分でするって」

さすがに、何も連絡をしないままというわけにはいかない。余計な心配をかけるだけだし、明日の練習だってわざわざ予定を空けてくれていたのだ。

食事を平らげると、食べ終わった皿をキッチンへと下げる。そのまま洗おうとしたが、それは翔に止められた。

「お前の洗い方、雑だろうからいい」

おそらく翔なりに奏人の指を大切にしてくれているのだろう。そのままキッチンを出ようとすれば。

「それから、言っておくけど」

「なに?」

「俺も、諦めてねーからな! いつか絶対レオンハルトを超えるピアニストになってやる。それから、お前のことも!」

翔の言葉に、奏人は何度か瞬きをする。どういう意味だろうか。

「電話、鳴ってるぞ」

翔から言われて耳を傾けてみれば、微かにリビングから着信音が聞こえていた。やはり、翔の耳はいい。すでに着信は途切れてしまっていたが、電池が残り少ないスマートフォンを使い、レオンハルトにメールをした。

返信が来る前に電源を落とそうかとも思ったが、その前に先ほど着信をくれたばかりの、連絡を取らなければならない人間がいることを思い出す。奏人は迷わず相手に電話をかけた。

」


タクシーの中、ムッとした表情の翔が窓の外を見ている。

会場である赤坂《あかさか》の大きなコンサートホールは最寄り駅から歩いて五分という便利な場所にあるため、奏人としては電車を使う予定だった。

翔もそのつもりだったようだが、支度をしてマンションを出たところで、志音が待っていたのだ。さらにその横には、志音が呼んだらしいタクシーも一緒だった。

「都内の渋滞事情をわかってるんですかねえ？　お坊ちゃまは」

助手席に座る志音に聞こえるように、翔が言う。

「ナビを見る限りじゃ大して渋滞はしてないみたいだな。まあ、余裕を持って出たし大丈夫だろ」

志音は翔の嫌味など気にすることなく、さらりとスマートフォンの画面を見て答えた。

どうやら翔と志音はあまり反りが合わないようだ。それは、一昨日奏人が志音と電話で話している時、これでもかというほど顔を顰めた翔の様子でわかった。確かに思い起こせば、体育祭の騎馬戦の時の二人のピリピリした様子は、尋常ではなかった。

志音は奏人が翔の家にいると聞くとかなり心配した様子だったが、最終的には納得してくれた。そして、当日のスーツを届けてくれるという志音にマンションの住所を教えると、タクシーまで確保して待っていてくれたのだ。

志音としては、気を遣ってくれたのだとは思うが、いかんせんタクシーの中の空気はあまりよくない。

「奏人、お前その……大丈夫か？」

志音が後部座席を振り返り、気遣うような瞳で奏人を見る。

一昨日、志音からレオンハルトの話を聞いた時、奏人はひどく取り乱してしまった。今すぐレオンハルトに会って話をしなければと思い、着の身着のまま学校を飛び出したのだ。

「うん、大丈夫。僕の方こそ、志音君たちに無理言ってごめんね？」

「それは気にしなくていい。皆納得してるし、先輩たちも楽しみだってさ」

「おい、こいつの我儘を許してんじゃねーよ。普通はありえないだろ」

「白百合の君の特権だろ。浅宮が同じことしても俺は絶対認めないけど」

さらりと答えた志音の言葉に、翔が今にも前に座る志音の席を蹴り飛ばしそうな表情をする。引きつった笑いを浮かべて二人のやりとりを眺めながら、早く会場に着いてくれることを奏人は願った。

背の高い二人に囲まれ、なんとなく気後れしながら会場へと向かう。

世界一美しい響きをコンセプトに作られたコンサートホールは、年間を通して国内は勿論、海外からの著名な音楽家も演奏する歴史ある場所だ。都内のオーケストラの定期演奏会も開かれており、奏人も機会があれば一度は聴きに行きたいと思っていたのだが、まさか自分が演奏する側になるとは思いもよらなかった。

屋根つきだが開放感溢れる広場を通り抜けると、近代的な建物が見えた。自動ドアが開き、絨毯が敷き詰められたロビーに足を踏み入れたのと、奏人がその名を呼ばれたのはほぼ同じだった。

「奏人！」

いつから待っていたのだろう。いつも通り、隙なくスーツを着こなしながらも、その表情はどこか憔悴《しょうすい》し切っているようにも見えた。

「……レオンハルト」

奏人が呟けば、隣にいた志音が庇《かば》うように前に出た。レオンハルトの柳眉が不機嫌そうに上がるのが見え、大丈夫だから、と志音に小さく声をかける。

「心配かけて、ごめんなさい。リハーサルへ、行ってきます」

奏人がたった一言、それだけを言うと、レオンハルトは驚いたような表情をした。

色々、話したいことがあるだろうということはわかる。でもそれはコンサートが、奏人の演奏が終わった後でいい。

おそらく、それですべてが伝わったのだろう。レオンハルトは何か言いたげな表情ではあったが、耐えるように無言で頷いた。

それを合図に、奏人は志音と共にホールへと向かう。足取りは、とても軽かった。

♩

リハーサルは本番と同じように、大ホールの方で行われた。ヴィンヤード形式のホールは千人以上を収容することができるのだが、すでにチケットは完売しているそうだ。

会場の中央にステージがあり、客席との距離もとても近い。

まず、奏人はオーケストラのメンバーへと今回の件を謝罪し、さらに感謝の気持ちを伝えた。志音が言っていたように、皆笑って受け入れてくれ、リハーサルは順調に進んだ。

大丈夫、きっと上手くいく。奏人はそう、確信することができた。


「桜ノ森学園音楽大学付属高校　綾瀬奏人さん」

薄暗い客席に、女性のアナウンスの声がよく響く。

ここは、僕のために用意された場所……。

校内コンクールの際、レオンハルトが言ってくれた言葉を思い出す。

舞台裏の独特のにおいを感じながら、奏人は大きく足を踏み出した。盛大な拍手に迎えられながら、奏人はステージの中央へと向かい、ペコリとお辞儀をした。

ピアノに向かう途中、志音と慶介と目が合った。慶介は柔らかく微笑み、志音が無言で頷いた。

椅子に座りジャケットの裾を踏まぬよう、外側に出す。そして奏人は指揮者を見つめ、アインザッツ、始まりの合図を待った。

この客席のどこかで自分の演奏を聴いてくれているはずの師を想いながら。

奏人のピアノから、演奏が始まる。最初の音で、会場の雰囲気が変わったのが、奏人にもわかった。

一昨日、奏人は志音に電話をし、曲の変更はできないかと相談をした。正規のコンサートであれば難しかっただろうし、コンクールであれば、絶対に許されなかったはずだ。けれど今回の場合、曲目は複数から選べることになっていたし、志音が主催者側、そして学校側にもかけ合ってくれ、最終的に許可が出ることになった。

翔からは、信じられないと散々言われたし、奏人自身も我儘であることはわかっている。だけど、自分の気持ちの整理をつけるためにも、そして新たな一歩を踏み出すためにも、奏人にはどうしてもこの曲が必要だったのだ。

ラフマニノフの、ピアノ協奏曲第2番第1楽章。レオンハルトからは、奏人にはまだ難しいと言われた曲だが、今の自分なら弾けるような気がした。

作曲したラフマニノフは音楽家というだけのことはあり繊細で、酷評により精神を病んでしまったことがあった。その際に自分を支えてくれた精神科医のダーリ博士に、この曲は捧げられたのだという。

重厚な旋律は、いくつもの音が重なることから生み出される。手が小さい奏人にとっては難易度が高いが、アルペジオでそれを表現する。

絶望の淵《ふち》から自身を救い出してくれたダーリ博士に、ラフマニノフはそれだけ深い感謝の気持ちを抱いたのだろう。奏人自身も、この曲に自分のピアノへの想い、そしてレオンハルトへの感謝の気持ちを託すことにした。

ピアニストになるという夢を抱かせてくれたレオンハルト、一度は諦めたその夢へ、もう一度足を踏み出すことができたのも、レオンハルトがきっかけだった。

不器用ながらも、懸命に奏人を励まし、自信をつけさせようと苦心してくれた。奏人のピアノは素晴らしいと、何度も何度も褒めてくれた。

その言葉は、もしかしたら本心からのものではなかったかもしれない。何度も囁いてくれた愛の言葉も、気まぐれなものだったのかもしれない。

だけど、たとえ偽りであったとしても、あの時間はかけがえのない宝物だ。レオンハルトへの感謝の気持ちは、変わらない。

レオンハルトがいなければ、何も始まらなかったのだ。ここまで来ることができたのは、全部彼のお蔭だ。

彼の存在を、愛を失うことに絶望した。裏切られたのだと、罵りたい気持ちになったこともあった。

だけど、それでも彼を愛する気持ちは変わらない。嫌いになることなど、できるはずがないのだ。

多分、自分はこれからもレオンハルトを想い、ピアノを弾いていく。短い間ではあったが、彼と歩んだ道を思い出しながら。

大丈夫、自分にはピアノも、大切な仲間だっている。彼を失っても、歩いていける。

ピアノ中心だった曲は、オーケストラと対話をするように進められていき、そして鮮やかなラストへ。

曲が終わった途端、一瞬客席からはなんの反応もなかった。

けれど、すぐに割れんばかりの拍手が響き渡った。立ち上がり、再び挨拶をすべくステージの中央へと向かう。

さらに大きくなる拍手の音を聞きながら、奏人は舞台裏へと足を進めた。

控室へ向かおうと廊下を歩いていると、ちょうど次に演奏する雲嵐の姿が見えた。前回挨拶をした際、あまりいい反応をもらえなかったこともあり、奏人は会釈《えしやく》だけして控室に向かうつもりだった。

けれど、雲嵐は奏人の姿を見つけると、早足で奏人の方へと向かってきた。

「あ……」

何か挨拶をしなければと、そう思う奏人の身体を、勢いよく雲嵐は抱きしめた。

「……!?」

さらに、その後は興奮したように中国語で何かを語りかけてくる。クールな印象が強かったが、珍しく興奮しているのか饒舌で、懸命に何かを伝えようとしてくれているのがわかる。

「シ、シエイシエイ……?」

とりあえず、奏人でも知っている中国語で礼を言ってみる。すると、雲嵐は瞳を大きくし、奏人の肩を摑むとさらに言葉を続けようとする。

嫌な感じはまったくしないまでも、さすがに困惑してくる。

どうすればいいのだろう。そう思っていると、女性の声が雲嵐を呼んだ。

「ちょっと、カットナーが呼んでるわよ雲嵐！」

雲嵐の姉弟子である、フレデリカだった。二人の様子に気づき、苦笑いを浮かべると、英語で雲嵐へと指示をする。雲嵐は、名残惜しそうに奏人を見つめ、もう一度手を強く握りしめた後、控室の方へと向かっていった。

「ごめんなさいね、貴方の演奏によほど感激したのね。あんな雲嵐を見るの、初めてだわ」

「い、いえ……」

きれいな笑顔の女性を見つめると、やはりまだ奏人の胸の奥はツキリと痛んだ。

「あまりよく思われていないと思っていたので、嬉しかったです」

初対面の時、挨拶すらしてもらえなかったことを思い出してそう言えば、フレデリカは困ったような笑いを浮かべた。

「ああ、あれはねえ……奏人、今回のパンフレットの自分の写真、確認した？」

「え？　ええ、サラッとですが」

「パンフレットを見た雲嵐ね、貴方に一目惚れしちゃったの」

「……へ？」

「バストアップ写真だったでしょ？　貴方のこと女性だと思ったみたいで、美しい、まさに理想とする大和撫子《やまとなでしこ》だ！　なんて言って。名前からして男性だって言ってもまったく信用しなかったのよ。だから実際貴方に会って、男性だとわかってショックを受けちゃったの」

「は、はは……嫌われていないようなら、よかったです」

フレデリカの言葉に、奏人は苦笑いを浮かべるしかない。

「嫌われているどころか……貴方のピアノを聴いた後、愛に性別は関係ない！　なんて言い出しちゃったくらいだから。外見だけじゃなく、ピアノにも惚れ込んでしまったみたいね。それくらい、素晴らしかったもの……貴方のラフマニノフ」

「あ……ありがとうございます……！」

頭を下げれば、フレデリカはこれみよがしなため息をついた。

「あ〜あ、レオンハルトは取られちゃったけど、ピアノだけは負けない、なんて思ってたのになあ……」

「え……？」

フレデリカの口から出たレオンハルトの名前に、奏人の表情が強張る。

「控室で、レオンハルトが待ってるわ。今は休憩時間だし、ゆっくり話してきて」

「は、はあ……」

朝のレオンハルトは、明らかに何か言いたそうな顔をしていた。

演奏を終え、晴れやかな気分の今、彼と話すことは少しばかり億劫《おっくう》だった。

けれど、逃げるわけにもいかない。それに、奏人のピアノを聴いてどう思ったか、訊いてみたい気持ちもあった。

何より、奏人自身もレオンハルトに伝えなければいけないことがある。

一度だけ深呼吸をし、奏人は自身の控室へと向かった。

9

コンサートホールの周りには高いタワーが立ち並んでおり、中には商業施設がたくさん入っている。そして、ホールから出て向かい側のビルにある眺めのよいカフェレストラン。その窓際の席で、奏人はレオンハルトと二人、向かい合っていた。

十一月に入って気温が下がりつつあったが、今日はポカポカとした陽気が気持ちいい。イベントでもやっているのか、ガラス窓の向こうの通りにはたくさんの人が歩いている。

あの後、控室でレオンハルトと合流した奏人だが、話す間もなく、ホールを出ることになった。

奏人の演奏が終わり、次々に控室へ押しかける学校関係者、志音は勿論、アナスタシアを始めとする教師陣、さらに、主催者やレコード会社、メディアの人間……でごった返し、とても会話ができるような状況ではなくなってしまったからだ。

そして、訪れた人々の用件を聞き、テキパキとそれに答えたレオンハルトは、奏人の手を引きコンサートホールから連れ出してくれた。今回のコンサートの主役であり、プログラムの最後を飾る雲嵐の演奏までは、一時間の休憩を挟んでいる。

そういった事情もあり、そのまま近場の店に入り飲み物をウエイターへと注文し、やっと落ち着くことができたのだ。

「控室、いっぱいになってましたね」

思い出すと、申し訳ないが笑いが込み上げてくる。

オペラの上映が行われることもあり、控室はそれなりの広さがあるのだが、次々に人が訪れるため、瞬く間に人で溢れてしまったのだ。当の本人である奏人は呆気に取られてしまい、結局ほとんど応対することができなかった。

「あのピアノを聴いた後なら仕方がない。皆、興味津々だ。あのピアノを弾いたのはどこの誰なのか、どうしたらまた聴けるのか。ラフマニノフのピアノ協奏曲はピアノとオーケストラのバランスがちょうどよく、ピアノに比重はかかってないはずなんだが、それくらいピアノが印象的だった。……素晴らしい、演奏だった」

レオンハルトが、はっきり奏人の顔を見据えて言った。真摯な瞳は、純粋に奏人のピアノを褒めてくれていることがわかる。

一番聴いてほしかったレオンハルトにそう言ってもらえたことに、奏人の胸は熱くなった。

「ありがとうございます。だけど……ごめんなさい、曲目、勝手に変更してしまって」

レオンハルトには曲目の変更を、最後まで伝えなかった。反対されると決心が鈍りそうだったし、申し訳ないという気持ちもあった。

「確かに、コンクールだったら即失格だろうな。そんなにラフマニノフが弾きたかったなら、どうして事前に相談してくれなかったんだ？」

ショパンにするかラフマニノフにするか、曲目を決める際、レオンハルトとはしっかり話し合った。そして、ショパンのピアノ協奏曲を弾くことに決めたのだ。

「レオンハルトが、ショパンを弾いた方が喜ぶと思ったから、です……」

おそらく、無理を言えばレオンハルトもラフマニノフを弾くことを許してくれたかもしれない。けれど、あの時の奏人には自らの意見を主張するほどの自信はなかったし、レオンハルトはショパンを弾くことを求めていた。

「それは……悪かった。俺は、てっきりお前も納得してくれたものだと」

奏人は自己主張が強い方ではないことをレオンハルトも知っている。常日頃から、その点に気を遣ってくれていた。

「いいえ、レオンハルトは悪くないです。ラフマニノフを弾きたいって思いはありましたが、ショパンを弾くことを選んだのは僕ですから」

ウエイターが、濃い色のコーヒーと紅茶を運んできた。

レオンハルトはコーヒーに手をつけることなく、奏人を見つめ、そして言った。

「……だが、最終的にはラフマニノフを弾いた」

その声が、どことなく沈んでいた。

「僕自身の気持ちを一番込められるのが、ラフマニノフだと思ったからです。僕にとってのレオンハルトは……とにかく、絶対的な存在でした。教えてもらえるようになってからは、レオンハルトに褒められるのが嬉しくて、知らず知らずのうちに、レオンハルトに喜んでもらえる方を選ぶようになってしまっていました。だけど、それはよくないなって」

「……そうだな、俺も、お前に無理して合わせてもらうのは本意じゃない」

「決して、嫌だったわけじゃないんです。ショパンのピアノ協奏曲だって、僕はとても好きですし。ただ、やっぱり主体性がなさすぎると思ったんです。今はレオンハルトが指導してくれていますが、永遠にそれが続くわけじゃありません。だから、貴方に見てもらえるうちに、ちゃんと自立しなきゃいけないって。それが、教えてくれたレオンハルトへの一番の恩返しだって。だから……レ、レオンハルト？」

目の前に座るレオンハルトの表情は、目に見えて気落ちしている。

涙こそ流していないが、まるで今にも泣きそうな顔だ。

「奏人は……俺との師弟関係を解消したいのか？」

そう言ったレオンハルトは、なぜか傷ついたような、そんな顔をしていた。

どうして、レオンハルトの方がこんな顔をするのだろう。

「一年だけの約束って聞きました。春には、帰国してしまうんですよね」

「それは……！」

立ち上がらんばかりの勢いで、レオンハルトが顔を上げた。

けれど、穏やかな表情の奏人を見て、ハッとしたのだろう。目の前にあるコーヒーへと口をつけ、もう一度奏人の方へ視線を向けた。

「そうだな、まず、そこから話さなければならないな。取り乱して、悪かった」

懸命に、自身に言い聞かせるようにレオンハルトが言った。

「まず奏人、俺はお前に謝らなければならない。俺がお前に教えることになったのは、ジャズバーでお前のピアノを聴いたからじゃない。朝比奈に……お前のことを頼まれたからだ」

まるで、教会で懺悔《ざんげ》をするかのような表情で、レオンハルトが言った。

「謝らないでください。確かに、最初はショックでした。僕のピアノを気に入ってくれたという貴方の言葉が嬉しかったので、そうじゃなかったんだって思うと、やっぱり傷つきました。だけど、きっかけは違っても、貴方は僕の指導を……」

「違う」

奏人の言葉は、レオンハルトによって遮られた。

「確かに、きっかけは朝比奈だった。だが俺は、朝比奈とお前が親子関係にあることも最初は知らなかったし、お前を指導することは、断ることもできたんだ」

「え……？」

「バイエルン・フィルの主席指揮者を打診した際、朝比奈からは確かにあまりいい返事はもらえなかった。海外生活が長かったから、そろそろ日本に帰りたいというのは聞いていたし、交渉のカードもある程度用意していた。交渉は難航したが、それでも最終的には引き受けてくれた。ただその際、知り合いに素晴らしいピアニストの卵がいる。俺以上の、それこそ歴史に名を残すピアニストになる可能性もあるが、それを俺が見極めて、できれば育ててもらえないかと、そう言われたんだ」

レオンハルトの言葉を、奏人はすぐに理解することができなかった。

「レオンハルト以上って……それはいくらなんでも過大評価が過ぎます」

「実は、最初は俺もそう思っていた。随分なめられたものだと、耄碌したんじゃないかとすら思ったくらいだ。だが……そうじゃなかった。朝比奈の耳は確かだった。朝比奈に言われたから、お前の指導を引き受けたわけじゃない。お前に教えることを決めたのは、俺の意思だ。それだけは、わかってほしい……」

ゆっくりと、丁寧にレオンハルトが説明した言葉に、嘘や偽りがないことはわかった。

「ありがとうございます、レオンハルトが言ってくれた言葉は、絶対忘れません」

「だからどうして過去形になるんだ」

「え？」

「確かに、最初朝比奈には期間は一年でいいと言われたんだ。俺も、奏人のピアノを聴くまではそれでいいと思っていた。だが、そんな考えはお前のピアノを聴いてからは変わった。一年どころか、この先も、ずっとお前の傍でそのピアノを聴き続けたいと……」

「それは、僕としてもとても嬉しいですが……で、でも結婚は？」

「は？」

「フレデリカさんが、来年結婚の予定があるって……」

レオンハルトは、奏人の言葉に驚愕の表情を浮かべた。まるで、初めて聞く話だとでもいうように。けれど、すぐに「ああ、そういうことか」と呟いた。

「奏人は、もう知っていると思うが、俺は過去にフレデリカとつき合っていた。同じピアニストとして尊敬もしていたし、はっきり言えば、彼女といると楽だった。だが……ピアニストを引退し、さらに日本へ行くことが決まると、俺は彼女との関係を解消しようとした」

「ど、どうしてですか……？」

「彼女と一緒にいるのは苦にはならなかったが、かと言って彼女と添い遂げたいという気持ちもなかった。だが、フレデリカはそうではなかった。他に好きな人ができたわけじゃないのなら、別れる必要はないと、そう言われたよ。そして、別れの条件を彼女は出した。

一時的には別れるが、もし俺が日本にいる間に心を惹かれるような存在が現れなかったら、自分との結婚を考えてほしいと」

おそらく、フレデリカには自信があったのだろう、レオンハルトが自分以上に惹かれる相手など出てくるはずがないと。別れ話に応じながらも、結婚を口にしたのはそのためだ。

「本音を言えば、結婚には興味はなかったが、かといって断る理由もなかった。フレデリカとは結婚してもいい、とどこかで思っていたのかもしれない」

レオンハルトの言葉に、奏人の表情が目に見えて曇る。

「誤解しないでくれ、結婚してもいいとは思ったが、結婚したいと思ったわけじゃない。日本に来た俺は、運命的な出会いをした。それこそ、可能であるなら結婚したいと思う、そんな人に……お前に出会えた」

レオンハルトのきれいな青色の瞳が、奏人を優しく見つめる。

「フレデリカにはきちんと説明をして、謝罪もした」

心臓の音が、高鳴る。嬉しくて、幸せで、この気持ちを、どうやって伝えればよいのかわからない。

「僕は、貴方の傍にいてもいいんですか……?」

俯きがちに、ようやく絞り出した声に、レオンハルトがゆっくりと頷く。

「当たり前だ。むしろ、俺の方がお前を離さない。言っただろう？　俺の不滅の恋人は、お前だって」

奏人は、今度こそなんの言葉も発せなかった。感情が溢れすぎていて、どんな表情を浮かべたらいいのかもわからない。

奏人は涙を浮かべた瞳で頷くと、レオンハルトを見つめ、微笑み返した。


「　　」


「はっ……あっ……」

レオンハルトのキスは、いつも丁寧で、そして長い。

奏人はレオンハルト以外とのセックスを知らないため、比べることはできないが、おそらく前戯にとても時間をかけてくれていることはわかる。男性である奏人の身体を傷つけまいと、それこそ後孔が蕩《とろ》けるような柔らかさになるまで拡げてくれるのも、そのためだろう。

だが、今日の前戯は長いどころではなかった。身体のあちこちを、ある部分を除いては、それこそ触れてない部分などどこにもないというほど舐められている。

そのため、性器には一度も触れられていないにもかかわらず、すでに反応してしまっている。しかも耐えられず、奏人が自身の性器へと手を伸ばそうとすれば、やんわりとレオンハルトの手によりそれを阻まれてしまう。

そう、レオンハルトは怒っているのだ。最初はそんなに感じなかったが、シャワーを浴び、裸になって寝台へと上がって思い知らされた。そしてその原因も。


気持ちを確かめ合った奏人とレオンハルトは、あの後慌ただしくコンサートホールへ戻り、雲嵐の演奏を聴いた。

今回のために来日した中国のオーケストラも、雲嵐の演奏も、どちらも素晴らしかった。元々奏人は雲嵐のピアノのファンでもあるのだ。演奏している間は、彼のピアノに夢中になっていた。それだけなら、レオンハルトも機嫌を悪くすることはなかった。奏人のクラシックへの熱量は知っているため、苦笑しながらも奏人の話も聞いてくれた。

けれど、その後が悪かった。

すべての演奏が終わった後、夜は都内のホテルで関係者を集めたパーティーが開かれた。前回はそれこそ道理がわからず、ただ雰囲気にのまれてしまったのだが、今日は違った。

皆が奏人の顔を見ると口々に演奏を褒めてくれたし、色々なことを訊かれた。

レオンハルトも最初は皆が奏人に対して好意的に接することを喜んでくれたのだが、時間が経つにつれてその表情に苛立ちが見え始めた。

それは、今回のコンサートの主役である雲嵐があれこれと奏人に話しかけてきてからだった。

さすがに自分の言葉が通じていないとわかったようで、フレデリカに通訳を頼んだ雲嵐は、様々な言葉で奏人のピアノを称賛してくれた。年齢が近いとはいえ、すでに世界を舞台に活躍している雲嵐に自分のピアノを褒めてもらえたことは純粋に嬉しい。だから、奏人自身も雲嵐のアルバムを持っていること、よく聴いていることなどをフレデリカを介して伝えた。

雲嵐はとても喜んで、連絡先を交換した後は、いつか二人で連弾をしたいなど、奏人にとっては大変光栄な申し出までしてもらえた。

途中、フレデリカがさすがにつき合っていられないとばかりにいなくなると、今度は志音が間に入って通訳をしてくれたのだが、雲嵐が話している内容に比べて、伝える言葉が明らかに短い。雲嵐はそれに気づいたようで、志音にドイツ語で話し始めた。

なぜかヒートアップする二人の会話に圧倒されているうちに、そろそろ部屋へ戻ろうとレオンハルトが助け船を出してくれたのだ。

時計を見れば二十時を過ぎており、奏人はレオンハルトが予約をしているという部屋に向かった。

レオンハルトの心のうちを知り、互いの想いを確認したこともあり、奏人自身もレオンハルトと抱き合いたい気持ちはあった。

だから、幸せな睦《むつ》み合いができると思っていたのだが、そのなりゆきは少しばかり違った。

四《よ》つん這《ば》いにさせられた奏人は、覆いかぶさったレオンハルトに首筋へ口づけを落とされながら、胸の尖りと、そして後孔の周りを嬲られていた。

ツンと尖った乳首を、レオンハルトが優しく摘みあげる。

耳の後ろが感じやすいことがすでにわかっているのだろう。耳朶を舐められると、ぞくぞくとした快感が身体に走る。

「あっ……やっ……」

さらに後ろから股を広げさせられ、その中心へレオンハルトが舌を這わせた。指で解されているそこに顔を埋め、舌の先を秘孔へと伸ばされる。

身体を清めているとはいえ、何度されてもこの行為には慣れない。

けれどレオンハルトはそうでないようで、無意識に足を閉じようとする奏人の腿《もも》を押さえ、執拗に舐め続ける。

「ひゃっ……あっ……」

すでに中の気持ちよさを知っている奏人としては、柔らかい舌の気持ちよさと、もっと強い刺激が欲しいというむず痒《がゆ》さに、たまらない気持ちになる。

蜜を零している自身の性器に手を伸ばしたがレオンハルトに気づかれて、逆にその手はレオンハルトの勃《た》ち上がったものへと添えさせられた。

奏人は見ることができないが、大きなそれはすでに固くなっている。

奏人はそのあまり大きくない手で、指が回りきらないレオンハルトのものを懸命にさする。

するとなぜか奏人の身体はすぐに反転させられ、その拍子に大きく股を開かされると、先ほどまで舌で蕩かしていたそこに、指を入れられる。

「はっ…………！　あっ…………！」

待っていた刺激を、ようやく感じることができ、気がつけば腰を動かしていた。

「後ろから……するんじゃなかったんですか……？」

息も絶え絶えに、奏人が問う。

レオンハルトは、珍しく今日後ろからしてもいいかと最初に訊いてきたのだ。

なんとなく、そんなことを確認するのがレオンハルトらしいと思いながらも、奏人は勿論とそれに応じた。

「今の俺の顔を、お前に見せたくなかったからな……」

「へ……？」

「嫉妬に狂った、情けない顔をしている」

「そんな……ひゃっ……！」

会話をしながらも、指の本数を増やされたことがわかる。ローションはたっぷりつけてくれているようで、痛みは感じないものの、刺激はやはり強い。

「やっ……あっ……」

独特な水音が下半身から聞こえ、自分の身体が出している音だというのがとてつもなく恥ずかしい。

「ここが、どうなっているか知っているか？」

「……え？」

「浅い部分はきれいな桃色をしているんだが、中はもっと色が濃いんだ。それに、狭いがとても気持ちがいい」

「やっ……言わな……！」

三本の指が、粘着音を立てながら奏人の中を動いていく。狭いはずの隘路《あいろ》は、随分と拡げられていた。そんな奏人の様子にレオンハルトは小さく笑う。

「本当は、お前に挿《い》れてほしいと強請《ねだ》られたかったんだが、やはり俺の方がもちそうにない」

「あ……」

奏人のこめかみにキスをしたレオンハルトが耳もとで「挿れるぞ」と囁く。

「はっ…………！　あ…………っ！」

ずぶり、とレオンハルトの屹立が奏人の中へと挿入されていく。待ち望んだ質量のあるものに貫かれ、自身の身体が喜んでいるのがわかる。

ゆっくりとレオンハルトが動き、奏人が最も快感を得られる場所を探してくれる。

「あっ…………」

指では決して届かない場所。胎《はら》のうちにあるそこにレオンハルトのものが当たるたびに、嬌声が上がる。

「すごいぞ、お前の中は……」

囁きながら、レオンハルトが抽送を繰り返す。

「あっ……やっ……」

さらに、すでに限界を迎えている奏人の中心にも手を伸ばされ、レオンハルトの大きな手の中に包まれる。後孔への愛撫と手淫により、奏人の身体が震える。

「ひっ……ああっ…………！」

頭が、とけそう……。

何も考えられなくなり、ただその快感に身をゆだねる。

体温が高くなっている自身の身体と、それよりもさらに熱の高いレオンハルトの身体。

二人の熱が混じり合うのが、とにかく心地よかった。

もっと揺さぶってほしい、もっと深く繋がりたい。ずっと——こうしていたい。

「だめっ……もうっ……出ちゃう……」

うわ言のようにそう言えば、レオンハルトが嬉しそうに笑った。

「ああ、俺もだ……」

身体を強く抱きしめられ、奏人の胎内にレオンハルトの精が注がれたのがわかる。

その温かさに、奏人の頬には自然と笑みが浮かんでいた。

「ごめんなさい、僕も……その……」

快感に耐えられず、出してしまった白濁が、レオンハルトの身体にもかかってしまっている。

「お前が気持ちよくなってくれた証だから、俺は嬉しい。……後で、一緒にシャワーを浴びよう」

そう言ったレオンハルトは、もう一度奏人を強く抱きしめてくれた。

奏人はそれに応えるように、笑顔で頷いた。


「ふっ……あっ……、やっ……」

高い声が、浴室に響く。

「奏人、足を閉じないでくれ」

片手で奏人の腰を支えながら、奏人の襞の中に潜り込んだレオンハルトの指が、クイと曲げられた。

「ひゃっ！」

反射的に足を閉じようとすれば、腰を支えていた手で片足を持ち上げられ、バランスが取れなくなった奏人は目の前にあるレオンハルトの身体にしがみついた。

「ちゃんと足を拡げていないと、全部かき出せないだろう？」

そう言いながらも、レオンハルトの指は奏人の隘路をゆっくりとかきまわしていく。その指は、明らかに違う意図を持って動いている。

ど、どうしよう……すごい、感じちゃってる……。

寝台の上で互いを感じ合った後、レオンハルトは奏人を浴室へ運んだ。奏人の中を清めると言ってくれたのだ。

ただ、レオンハルトの指は明らかに後処理以上の動きをしている。

「や、やっぱり自分でできます……」

上ずった声で言えば、引っかくように中を抉《えぐ》られる。

「ひゃっ……！」

「奏人の指では、届かないだろう?」

耳もとで囁くレオンハルトの声には、明らかに興奮が交じっている。長い指が、奏人の気持ちのいい部分に的確に触れていく。

「はっ……あっ……!」

もう、声を抑えられない。もっと、強い刺激が欲しい。

「奏人、腕を俺の肩に」

レオンハルトに言われるままに、奏人は目の前のレオンハルトの身体にぎゅっと抱きつく。その瞬間、ぐいと両足を持ち上げられ、レオンハルトの屹立の上へと身体を下ろされた。

「ひっ……! あっ……!」

ずぶりと、秘孔がレオンハルトを受け入れる。自分の身体の重さがかかり、いつも以上に深くレオンハルトが感じられた。

「はっ、あっ」

不安定な体位に、自分が興奮していることがわかる。粘膜が触れ合うのが、気持ちがいい。

「ひっ……! やっ……!」

逞しい腕に両膝裏を支えられながら、身体を揺さぶられる。

「あっ………！　はっ……！」

もう、自分の声を気にする余裕などなかった。激しい動きは、確実に奏人の身体を熱を高めていく。

「もう、イっちゃ……！」

精は吐き出しているはずなのに、奏人の先端は濡れていた。

「奏人……」

優しく呼ばれ、ゆっくりと顔を上げる。レオンハルトと奏人の唇が重なる。ドクドクと、レオンハルトのものが中に放たれるのを感じながら、奏人は甘いため息をついた。


エアコンの風が、ふわりと奏人の髪に触れる。先ほどレオンハルトが乾かしてくれたため、さっぱりとしていた。

ぐったりと横たわる奏人の機嫌がよくないことにはレオンハルトも気づいているのだろう。機嫌を取るように瓶入りの炭酸水を持ってきてくれる。

「声、かれちゃったんですけど……」

奏人の高い声は、少しハスキーになっていた。

「セクシーでいいと思うが？」

生真面目な顔で冗談みたいなことを言うレオンハルトを、軽く睨む。

けれど、レオンハルトはますます笑みを深めてしまった。

「悪い、喉によさそうなルームサービスでも頼もう」

「……いりません。それより、レオンハルトの『月光』が聴きたいです」

「ああ、後で好きなだけ弾いてやる」

レオンハルトの言葉に、奏人の頰が緩む。

「僕、小さい頃に一度レオンハルトのコンサートに行ったことがあるんです。多分、初来日の時に。子供心にとても感激して、その時から、レオンハルトの『月光』が大好きなんです」

「ああ、覚えている。自分の身体と同じくらい大きな花束を、お前は渡してくれた」

「……覚えてたんですか⁉」

主催者側は、コンサートにピアノ教室の子供たちを招待してくれていた。そして奏人は、コンサートの最後にレオンハルトに花束を渡す大役を任されたのだ。

すらりと背の高い、物語の中の王子様のようなレオンハルトのあまりの格好よさに、ひたすら見惚れてしまった。

「勿論。あんなに可愛い愛の言葉をもらったのは、初めてだったからな？」

「え？」

「なんだ、覚えていないのか？　花束を渡す時、お前が言ってくれたんだぞ。アイラブユーって」

奏人の表情が固まり、瞬く間に頬へ熱が溜まる。

すっかり忘れていた記憶が、奏人の頭を過る。英語教室に通っていた翔に得意げに教えてもらった愛の言葉、それしか英語を知らなかった奏人は、レオンハルトにそう言ったのだ。

「お、思い出しました……なんか、すみません……」

「謝る必要はない。言っただろう？　あんなに可愛い愛の言葉は初めてだったと」

それでもなお、羞恥心から頭を抱える奏人に、レオンハルトは小さく笑い、そして奏人の顔を覗き込んで言った。

「そういえば、あの時の告白に対して何も答えていなかったな」

「え……？」

「誰よりも、お前を愛してる―俺の愛しいピアニスト」

レオンハルトからの、真っ直ぐな愛の言葉に、奏人の頬がますます赤くなっていく。

そんな奏人の唇に、レオンハルトが啄むようなキスをした。

触れるだけの、優しいキス。

これ以上ないほどの幸せを感じながら、奏人はゆっくりと瞳を閉じた。

あとがき

はじめまして、またはこんにちは、はなのみやこです。

初めてシャレード文庫さんで書かせて頂けまして、とにかくとても嬉しく思っています。

嬉しさのあまり浮足立ってなかなかプロットが決まらなかったのですが、何気なく担当さんに相談した「音楽学校のお話、書いてみたいんです」という希望を見事に叶えて頂きましたのが、今回のお話です。

溺愛、師弟関係、一途でとにかく一生懸命な受、という大好きな要素をたくさん入れさせて頂きました。

私自身、ピアノは十年以上習ってはいたのですが、ブランクがあり。書いている最中、インターネットやCDの音源を始め、色々な奏者の演奏も聴きましたが、文章で音を表現するって難しいなあと改めて思いました。

作中で使われている曲は本当に素敵な曲ばかりなので、もしよかったら聴いてみてください。

登場人物ですが、主人公の奏人はとにかくピアノとレオンハルトのことが大好きな子で、十代だからこその真っ直ぐな気持ちと、精神的な脆さを意識しました。対するレオンハルトですが、最初は奏人の才能に惚れこんだものの、一緒に過ごすうちに奏人の事が可愛くて仕方がなくなってしまった、ちょっと悪い大人だなあと思います。

奏人にはあちらこちらから矢印が飛んできているのですが、奏人自身はレオンハルトの事しか見ていないので、脇の二人はちょっとかわいそうだったかな、とも思います。

有り難い事に、担当さんが「はなのさん、主人公が愛されているお話お好きですよね？ もう、好きなように書いていいですよ」と言って下さったので、もう本当に自由に、楽しく書かせて頂きました。読んで下さった方にも、楽しく感じて頂けたらいいなあと思っています。

さて、今回舞台が音楽学校ということもあり、プロのオペラ歌手である榛葉薫人さんにお話を伺わせて頂きました。この場を借りて、御礼を言わせて頂きます、ありがとうございました。

瑞々しく愛らしい奏人と麗しいレオンハルトを描いて下さった乃一ミクロ先生、作品世界を彩りを与えて下さりありがとうございました。

私の脈絡のない相談をいつもとても丁寧に対応してくださっている担当M様、シャレード文庫編集部の皆様、この本を書かせて頂き、ありがとうございます。
そして、何よりこの本を手に取って下さった方。貴方がいるから、私は小説を書き続けることが出来ています。本当に、ありがとうございます。少しでも、楽しんで頂けましたら幸いです。

令和二年　文月　はなのみやこ

本作品は書き下ろしです

はなのみやこ先生、乃一ミクロ先生へのお便り、
本作品に関するご意見、ご感想などは
〒101 - 8405
東京都千代田区神田三崎町 2 - 18 - 11
二見書房　シャレード文庫
「ファーターと愛弟子～寵花は師の手で花開く～」係まで。

CHARADE BUNKO

ファーターと愛弟子《まなでし》～寵花《ちょうか》は師《し》の手《て》で花開《はなひら》く～

【著者】はなのみやこ

【発行所】株式会社二見書房
東京都千代田区神田三崎町 2 - 18 - 11
電話　03(3515)2311［営業］
　　　03(3515)2314［編集］
振替　00170 - 4 - 2639
【印刷】株式会社 堀内印刷所
【製本】株式会社 村上製本所

落丁・乱丁本はお取り替えいたします。
定価は、カバーに表示してあります。

ISBN978-4-576-20110-8

https://charade.futami.co.jp/